CHUZHOU WENHUA CONGSHU

王阳明在滁州

WANGYANGMING ZAI CHUZHOU

张祥林 著

全国百佳图书出版单位
时代出版传媒股份有限公司
黄山书社

图书在版编目(CIP)数据

王阳明在滁州 / 滁州市文联编 ; 张祥林著 .
— 合肥 : 黄山书社 , 2020.11

（滁州文化丛书）

ISBN 978-7-5461-9442-4

Ⅰ . ①王… Ⅱ . ①滁… ②张… Ⅲ . ①随笔－作品集
－中国－当代 Ⅳ . ① I267.1

中国版本图书馆 CIP 数据核字（2020）第 238620 号

王阳明在滁州 **张祥林 编著**

WANGYANGMING ZAI CHUZHOU

出 品 人 贾兴权
责任编辑 向 焱
责任印制 李晓明 李 磊
装帧设计 钱志刚
出版发行 黄山书社（http://www.hspress.cn）
地址邮编 安徽省合肥市蜀山区翡翠路 1118 号出版传媒广场 7 层 230071
印　　刷 永清县晔盛亚胶印有限公司
版　　次 2020 年 12 月第 1 版
印　　次 2023 年 1 月第 3 次印刷
开　　本 700 mm × 1000 mm 1/16
字　　数 170 千字
印　　张 15.5
书　　号 ISBN 978-7-5461-9442-4
定　　价 60.00 元

服务热线 0551-63533768

销售热线 0551-63533788

官方直营书店（https：//hsss.tmall.com）

版权所有 侵权必究

凡图书出现印装质量问题，
请与承印厂联系。

联系电话 0316-6658662

前 言

王阳明，是中国历史上罕见的全能大儒，他传奇的经历和开一代风气的学说，震撼明朝，昭著后世，影响五百年至今。

王阳明一生历经磨难沉浮，集文韬武略于一身，精通儒道释且深谙兵法，为政严实，处事明敏，统军征战，用兵如神。王阳明为官、讲学，授徒无数。他毕生研习“致良知”之学，是明代心学之集大成者，其思想体系具有人格修养和经世实践两方面的内涵。王阳明以天下国家为己任，终生奋斗不息，在立德、立功、立言三方面建树宏远而闻名于世。

有明一代，朝廷管理马政的中央机构南京太仆寺设于滁州。正德七年（1512）十二月到九年四月，王阳明受任南京太仆寺少卿。在滁州期间，王阳明在琅琊山下讲学，广纳弟子，传授“心学”的基本思想，滁州数十名学子追随，日后多成为名儒名宦。

王阳明来滁时，已逾不惑之年，历经了格物苦求、宦途蒙冤、龙场悟道、居夷处困、庐陵施政的磨炼，其思想学识已趋于成熟。他反对程颐朱熹通过事事物物追求“至理”的“格物致知”方法，提倡“良知”，从自己内心中寻找“理”，“理”全在人“心”，“理”化生宇宙万物。在知与行的关系上，强调知行一体，知中有行，行中有知，所谓“知行合一”，二者互为表里，不可分离。到滁州前后，是王阳明学说形成的第二阶段，也是阳明先生聚众游学之始。王阳明酷爱琅琊山水，欣然于滁地淳朴民风，他在滁州构筑来远亭、始创马政衔，修官仓、倡孝义，与滁州山水和学人结下深情厚谊。

滁州成为传播阳明学说的望地，阳明弟子后学、太仆寺和地方官员修建阳明书院（祠），往复交游讲会，传承阳明学说，在施政和社会教化中践行阳明思想理念，对后世影响深远。

目　录

第一章 ‖ 多舛成圣路

朱元璋创建的大明帝国历经一百多年风云，到了弘治、正德年间，已经走过了一半的路程，衰败的气象渐渐地显露出来，皇帝嬉戏江山，宦官专权朝政，天灾人祸不断，科举制度日渐僵化，明初那种励精图治的局面一去不返。就在这个时候，出了一位伟大的人物，他就是上继孔孟、下启心学、经国济世的全能大儒——王阳明。王阳明的一生可谓跌宕起伏，波澜壮阔，在他的传奇生涯中，滁州是一个不可忽视的地方，这里成为他学说和功业承前启后的重要驿站。四十岁以前的经历，为他到滁州作了色彩斑斓的铺垫。

一、立志成圣贤

王守仁，字伯安，世称阳明先生。阳明一生历经四朝，长于成化，壮于弘治，功于正德，终于嘉靖。他生于书香门第，官宦世家。因祖上的忠义事迹，曾、祖两代先后被朝廷授任为嘉议大夫、礼部右侍郎等官职。祖父王伦，字天叙，号竹轩公，曾官拜翰林院修撰。“雅歌豪吟，胸次洒落”，遗作有《竹轩稿》《江湖杂稿》等，传之后世。王阳明父亲王华（1446—1522），字德辉，号实庵，晚年号海日翁，明成化十七年科考状元，曾为皇帝讲课，官至南京吏部尚书，后世尊称为龙山先生。

成化八年（1472），王阳明出生于浙江余姚县。据说他出生时祖母梦见仙人踏云送子，故名王云。家里对这个不同凡响的小儿期望甚高，将他出生的宅屋改名“瑞云楼”。但是，王阳明到了5岁仍然不会说话，家里人都暗暗着急。一日他与一群孩子在门外戏耍玩闹，正好有一云游僧路过，看见王阳明，叹了一口气说：“好个孩儿，可惜道破。”一语惊醒祖父，竹轩公忙给孙子改名王守仁，王阳明即刻就能开口说话了。6岁即能背诵祖父朗读过的书，坊间流传不少王阳明少年时代的神奇故事，当然，其中不乏后人牵强附会及夸饰之词，但说明少年王守仁聪慧异常、志向高远确实不假。幼年是一个人一生成长最为重要的阶段，大凡那些伟大人物，其幼时的资质、少年时期的言行举止，都往往会表现出与众不同的一面。

父亲王华考中状元后，去京城做官。祖父竹轩公于是带着11岁的王阳明一起踏上了去北京的路途。在镇江金山寺夜宿，祖父与朋友饮酒对诗。一旁观看的王阳明脱口而出：“金山一点大如拳，打破维扬水底天。醉依妙高台上月，玉箫吹彻洞龙眠。”语惊四座，客人于是再以《蔽月山房》为题，让王阳明应对，测试他的才华。王阳明张口就来：“山近月远觉月小，便道此山大于月。若人有眼大如天，还见山小月更阔。”座上客人惊羡不已，对竹轩公赞道：“令孙才华非比凡人，他日必为天下人所知。”竹轩公心中欢喜。王家祖辈淡泊名利，或隐居山林，或为国尽忠。先贤们潜移默化的影响，尤其是祖母岑氏和父亲龙山先生的教诲训

余姚王阳明故居厅堂

诚，铸就了王阳明一生的圣儒品格。

王阳明 12 岁时随父寓居京城，父亲送王阳明去私塾读书，由于王阳明生性豪迈不羁，并不能专心读书向学。他经常逃学，跑出去和一群孩子一起玩耍。他们制作了很多大大小小的战旗，伙伴们围绕着王阳明四散奔跑，如同战阵态势。王阳明独坐圈中，充任指挥的大将。孩子们按照王阳明的指派左旋右转，如同布阵。龙山公王华见儿子如此顽皮，十分担忧，生怕闹出什么事情来。其实，王阳明的志向非同一般，他对走科举之路并无多少兴趣，只想着读书做圣贤。有一天，他一本正经地问老师："人生何谓第一等事？"老师吃了一惊，从来没有学生问过他这样的问题，他看了看王阳明回答："当然是读书做大官啊。"王阳明显然不满意，他看着老师说："我认为不是这样。我以为第一等事应是读书做圣贤。"这就是少年王阳明，立志成圣贤，并为此一生修炼，奋斗不已。

王阳明 14 岁开始学习骑射，研读兵法，钻研文韬武略。次年随同父辈出游居庸三关，驱马追逐胡人骑射。面对祖国的大好河山，“慨然有经略四方之鸿鹄大志”，小小少年竟然要为朝廷上平戎之策。在王守仁心中，圣贤应是文武全才，学问与韬略、道德与事功的完美结合。他既尊崇孔孟，也仰慕汉代的伏波将军。

王阳明的视野很开阔，不仅深谙儒学，而且对释道之学颇有兴趣。17 岁结婚前夕，他跑到南昌铁柱宫和道士坐而论道，竟忘了佳期，直到次日才被岳丈派人找回。完婚后第二年，王阳明到广信拜访了著名学者娄谅。娄先生告诉他“圣贤之路必须通过学习修炼而达到”。这番话不啻于暗夜烛照，更加坚定了他学做圣贤的志向。21 岁王阳明于浙江乡试中举，接着参加朝廷会试，结果连考两次都名落孙山。王阳明没往心里去，泰然处之地劝慰同科落地的同学说：“世人以不得第为耻，我以不得第动心为耻。”颇有一副大将之风。

弘治十二年（1499），28 岁的王阳明终于考中二甲进士第七名，自此成为“国家机关公务员”，在京师部里工作。此时的阳明又是一名文学青年，热衷于文学辞章，与茶陵派及李梦阳、何景明等“前七子”辈，以诗文辞章相唱和。三年之间，庶务繁琐，日事案牍，苦读经史，过劳成疾。官场与文坛都没能引导王阳明进入心中的博大境界，而立之年尚未寻得往圣之路，王阳明陷入彷徨苦闷之中，于是告病回到余姚。

回老家后，王阳明在绍兴府城东南十五里的会稽山找到一个石洞，洞内寂静清幽，犹如仙境，正适宜静修。山风徐来，阳光斜射，一派澄明。王守仁命之曰阳明洞，并自号阳明山人或阳明居士。王阳明自幼聪明，又和佛道渊源甚深，此时心无旁骛，专心修炼。其后，又因病移居钱塘，习禅养疴。如此两载，王阳明感悟，虽然与佛道有缘，但那些太玄虚，“簸弄精神”，终究不是自己的志向。入世做圣贤，立功济世，才是他追求的目标。33岁的王阳明，复回京师，秋季主考山东乡式。九月改任兵部武选清吏司主事。其时，讲学之风渐炽，王阳明与师友常坐而论学，每从人“先立必为圣人之志”的心学讲起，且将“默坐澄心，体认天理”作为自己“圣贤之学”的座右铭。自此以后，王阳明在成圣的道路上日益精进，历经龙场生死悟道、庐陵卧治、滁州游学、江西剿匪平叛，知行合一而致良知，高扬心学旗帜，在成圣的道路上，任凭恶关险隘，无往而不胜。

二、宦海几沉浮

王阳明的仕途，第一步是从“观政”工部开始。所谓观政，相当于现在的公务员试用期，一年后转正。其时，新科进士一甲进翰林院为编修史官，二、三甲优秀者可为庶吉士，其余的则分到六部观政。论王阳明的才气和韬略，分配得很不理想，但他没发牢骚，欣然受之。观政期满，王阳明授刑部云南清吏司主事。明代制度，中枢六部均分司办事，各司分别称为某某清吏司。当时的刑部设有13个清吏司。各司的主官称郎中，副职为员外郎，再下为主事，相当于今天的处长职务。从29岁到33岁，王守仁在这个岗位上工作了5年，政事繁琐，但他夜必诵《五经》及先秦两汉书，为文益工。那几年，蒙古军队在北疆挑衅，朝廷征召对策，王阳明胸怀抱负，毅然上疏“边务八事”，陈述御边靖国韬略。

弘治十四年(1501)八月，部里派他到江北(直隶、淮安、凤阳府)审录囚犯。在这些积案重囚中，有许多冤假错案，经过清正官员的审阅，有可能得到甄别平反。通过对这些案件的审录，王守仁越发看清了朝政治理的荒唐腐败。九月间渡过淮河来到凤阳，王守仁先拜谒了明皇陵，接着游历了恢弘浩大的中都城遗存，然后登上鼓楼。是楼建于洪武八年（1375），位于中都城左侧，巍然高耸，城楼上有朱元璋题额“万世根本”四字苍劲楷书。王守仁立于楼台之上，极目望去，江淮河山尽收眼底，想当年，太祖高皇帝就是从这里起兵，转战南北，历经艰难，建立了大明王朝。一百多年过去，如今这大明国运江河日下。王守仁联想到爱国英雄文天祥作《沛歌》的伤古叹今情怀，不由得感慨万千，遂作《登谯楼》诗吟道：

千尺层栏倚碧空，下临溪谷散鸿蒙。
祖陵王气蟠龙虎，帝阙重城锁蝃蝀。
客思江南惟故国，雁飞天北碍长风。

凤阳明中都鼓楼（即谯楼）

沛歌却忆回銮日，白昼旌旗渡海东。

这首诗在《王阳明全集》中没有收集，而在明天启年间的《凤阳新书》中记录下来。审囚过后，王阳明顺路南行，过访九华山道院，宿无相、化城诸寺。从政界官场来到仙释境界，与僧道高人互证心迹，对他日后思想的形成，又是一番淘洗。

弘治十七年（1504），王阳明经历了一番静养修省之后，神清志逸，重回京师。朝廷委派他主考山东乡试。《王守仁年谱》记载："试录皆出先生手笔，其策问议国礼乐之制：老佛害道，由于圣学不明；纲纪不振，由于名器太滥，用人太急，求效太速；及分封、清戎、御夷、息讼，皆有成法。录出，人占先生经世之学。"表明了王阳明要用古圣贤之道作为经世致用之学，选贤任能、重整朝纲的理想。标志着他从文学辞章和佛道离世的藩篱中，走回到儒家通往至圣之路。这次山东乡试，也让他选拔了一些优秀人才，日后均成为王门后学栋梁，如穆孔晖，嘉靖十年（1531）在滁州任太仆寺少卿，后迁南京太常寺卿，成为北方王门的代表。

当年九月，王阳明改任兵部武选清吏司主事。这几年的京官仕途已经历工部、刑部、兵部，朝中政事历练，朋友圈越来越宽。弘治十八年（1505）结识了湛若水，二人定交。京城讲学从此开始。王阳明在京城的名气逐渐大起来。但是不久，一场大祸意外临头。

王阳明宦途第一场风雨袭来。

弘治之后，正德皇帝武宗朱厚照继位。武宗是明代最风流成性的天子，他荒淫无道，整天与一帮太监混在一起，游山玩水，酗酒逞强，把朝政当儿戏，只听任刘瑾等宦官胡来。刘瑾狐假虎威，朝政大坏，凡有良知的官员痛心疾首，但大部分官员选择了趋炎附势。正德元年冬天，正直官员戴铣、薄彦徽等 20 多人上书正德皇帝，要求严惩刘瑾一伙，结果反而受罚，被打入死囚。当时任兵部主事的王阳明出于义愤，和另外几人一起冒死上书，为这些官员辩护，请求释放他们。正德皇帝看了奏疏，极不耐烦地对刘谨说："这些破事，你自己看着办吧！"这话正中刘瑾下怀，他此时对王阳明等人恨之入骨，当即下令，将王阳明廷杖四十大板，谪迁至贵州龙场，做一个九流以外的驿丞。尽管这样，刘瑾仍不想放过王阳明，他暗中派人尾随王阳明，准备将他害死于途中。王阳明行至钱塘江，遇到了刘瑾派出的杀手，他急中生智，制造了投江自杀的假象，把自己的衣物留在岸边，只身乘夜色逃遁。浙江官府和他的家人都信以为真，在钱塘江中四处寻找他的尸体，还在江边哭吊了一场。王阳明潜逃到福建，经历了几番奇险，有一次藏在破庙里差点儿被老虎吃掉。他想隐姓埋名，远走边陲，却在一座古寺中巧遇二十年前相识的异人。经异人指点，为了不牵连父亲和家人，他想方设法避过追杀，又潜回钱塘与亲友告别，然后千里辗转，风餐露宿，远赴贵州荒蛮之地龙场驿，历经困厄九死一生。

三年后，朝中有人为王阳明鸣冤，阳明获重新起用。

武宗正德五年（1510）春，王阳明任江西吉安庐陵县知县，这是他宦海生涯的一个转折。庐陵县就是现在的江西省吉安县，是欧阳修、文天祥的故乡。在庐陵半年多，王阳明治政牛刀小试，"卧治六月而百务俱理"，据《王守仁年谱》记载："先生三月至庐陵，为政不事威刑，惟以开导人心为本。"庐陵县地处山区，本来赋税就很重，这年朝廷还下令庐陵县上贡本地并不出产的葛布，老百姓怨声载道。他一到任，老百姓纷纷拥到县衙上访，要求新来的知县减免赋税。王阳明已经了解情况，他深知欲安抚民心，必须纾民困厄。于是他对老百姓说："诸位父老，本县已经了解情况，将你们的苦情向上司汇报，今年新增的葛布不用上交了，往年所欠的赋税也酌情减免。"老百姓欢呼雀跃，对新知县的感激和信任一下子建立起来。王阳明把里役一个个分头传来，详细询问，再走访考察，把县况社情、赋役账簿、乡里人户、贫富奸良逐一掌握，着手解决多年积弊。然后规定百姓告状打官司的规矩，侧重于调解纠纷，让里正三老主持，大家围坐申明亭上，传齐投告民众，启发良知，多见悔悟息讼，屡有涕泣而归，从此打官司的人逐渐减少。王阳明又陆续张贴告示，劝慰县民父老督教子弟，不许游荡邪放；户口繁盛、街巷狭窄的地方，落实防火举措，名为"火政"；乡里立起保甲制，订立乡规民约，杜绝盗贼，保护安宁。时间不长就把庐陵县治理得井井有条，百姓安居，民心顺服。

正德五年（1510）八月，太监刘瑾企图暗中谋反，大臣杨一清联合太监张永等面奏皇上，历数其罪，诛戮刘瑾，抄没家财。遭刘瑾陷害的忠臣先后平反。不久有诏下来，命王阳明入京觐见。王阳明从庐陵告别父老，收拾行装，十一月里到京，寓居大兴隆寺。此后两年间，他顺风顺水频频升职，官职由正七品升到正四品。正德五年十二月，升南京刑部四川清吏司主事。六年（1511）正月，调吏部验封清吏司主事。十月，升文选清吏司员外郎。七年（1512）三月，升考功清吏司郎中。七年十二月任南京太仆寺少卿，在滁州度过了一段督导马政、游学充实的快乐时光。

此后至正德十六年（1521），王阳明的仕宦之途可谓风雨兼至，福祸交加。正德九年（1514）四月任南京鸿胪寺卿，两年后，正德十一年（1516）九月升为都察院左佥都御史，调任江西巡抚南赣、汀、漳，平定久已为患的寇乱。正德十三年（1518）升任都察院右副都御史，平息宁王朱宸濠叛乱，短短30多天的时间内，一场危及江山社稷的叛乱，几乎是在王阳明的谈笑之间灰飞烟灭。剑拔弩张之余，王阳明还要与宦佞权臣和昏庸的皇上斗智斗勇。正德十六年（1521）六月再升为南京兵部尚书，十二月加封光禄大夫，封新建伯。但一路走去，不断遭受权奸佞小的嫉妒诬陷。嘉靖元年（1522），王阳明已经是平定藩王之乱的大功臣，却依然遭受其他官员的攻讦，阳明学说也为保守理念所难容。当年进士考试由礼部负责出题，策问题中涉及心学，出题官暗示考生撰文斥责王阳明。可见王阳明的处境之艰难。王阳明固然想以心学引导社会回归圣贤之道，实现他经国济世的理想，但是有心报国无力回天。于是他几度想要离开官场，专门讲学。屡经宦海沉浮，王阳明对朝政洞若观火。他在平定宸濠叛乱以后，直到嘉靖初年，父亲王华去世，才得以回家乡丁忧，静心守孝，暂得一时清净。随后又洞开门墙，广进弟子，致良知之学日臻完善。但是天下一旦有事，朝廷绝不会放过这样一位能臣，五年之后，嘉靖六年（1527）九月，又重新委任王阳明平息两广思田动乱，王阳明数辞而不准，只得带病出征。王阳明继续实行剿抚并用的方法，平息寇乱。他也因辛劳过度而肺病加重。王阳明向朝廷上疏乞求告老还乡，朝廷却迟迟不予批复。

嘉靖七年（1528）仲冬，病情益重的王阳明躺在归程的船舱

江西大余县赣江边王阳明落星亭

中，舟行至江西南安府大庾县青龙铺（今江西省大余县境内），他预感自己将要离去，握住门生周积的手说；“我要走了！”周积含悲问道：“先生有何遗言？”阳明先生微启双目，面露微笑，淡定地说道：“此心光明，亦复何言！”

嘉靖七年十一月二十九日（1529 年 1 月 9 日）8 时许，一代全能大儒王阳明逝于舟中，英年 57 岁。阳光射进船舱，江水滔滔流去，两岸青山依旧，沿途军民闻哀讯，纷纷披麻衣为先生送行。

三、求索心悟道

王阳明从小立志做圣人，圣人之道究竟是什么？他在儒道释的领域里苦苦地探索，与王阳明同时的明代大思想家湛若水曾用这么几句话概括王阳明求索悟道的历程：初溺于任侠之习；再溺于骑射之习；三溺于辞章之习；四溺于神仙之习；五溺于佛氏之习。直到历经艰难困苦，到贵州龙场，才达到石破天惊的悟道境界。“龙

立于余姚城内的“新建伯”牌坊

场悟道”奠定了阳明心学的起点，此后又于庐陵治政实践、滁州游学传道，为心学求索第二阶段。江西平叛，运筹决胜，继而回到越中讲学，实现王门心学的完善。王学所构建的“心即理”“知行合一”“致良知”的理论框架，就是既经千难万险、又于平实求真之中大彻大悟，才臻于炉火纯青的境界。

王阳明一生经历成化、弘治、正德、嘉靖四朝，面对社会危机，深感于“天下事势如沉疴积痿”，已到了“何异于病革临绝之时”，所以决心要寻求一种能使天下事势“起死回生”的良方。早在年少时，他就立志将来做个为天地立心、为生民立命、为往圣继绝学、为万世开太平的圣贤，为此而苦读诗书，遍览经典。弘治二年（1489）秋天，十八岁的王阳明偕妻子离开南昌回老家余姚。舟行广信（今江西上饶）时，他舍船登岸，前去拜访理学家娄谅。娄谅深谙理学并通佛道，善于静坐。王阳明向娄谅请教朱熹理学，他问娄谅：“如何做圣贤？”娄谅回答：“圣人必可学而至。”这句话正说到王阳明心坎，因为这正是他一直以来的理想。接着他又问娄谅：“怎样才能成为圣人呢？”娄谅一字一字地回答：“格物致知。”用朱熹的治学方法来解释，就是人在面对自己所不知的物时，就要“格物”，也就是推究事物的道理，待搞明白一切事物的道理后，你就是圣人了。王阳明对娄谅的教诲谨记在心。

弘治五年（1492），21岁的王阳明参加浙江乡试中举。紧接着赴北京，准备参加来年春天举行的全国会试。王阳明到北京后，搜集了大量的朱熹著作来阅读，当读到朱熹的名言“众物必有表里精粗，一草一木，皆涵至理”时，突发奇想，自己何不亲身体悟一番，去格事物的理呢？父亲的官府里种有很多竹子，王阳明决定先格竹子之理。于是他相约一个好朋友，一起在竹园里格竹。面对翠绿的竹子，两人从早到晚默默静坐着，反复思考这竹子里面到底有什么道理、什么玄机呢？一天一夜，什么也没有悟出来。连续两天两夜、三天三夜，仍无所得，那个朋友因为劳思过度病倒了。王阳明坚持继续日夜对着竹子沉思。到了第七天，王阳明因为心力耗尽也病倒了，但依然什么也没有悟到。

怎么回事？怎么格不出任何道理来呢？王阳明陷入了迷茫，格一物都如此困难，要格天下万事万物，谈何容易啊？格竹失败，对王阳明是个沉重的打击，他既怀疑朱熹，也怀疑自己。既然圣贤不是人人都能做到的，于是王阳明像当时的大多数书生一样，选择了文学，去追求辞章方面的功夫，进而又对道家和佛家充满兴趣，不停地探索，究竟哪条途径是通往圣贤之路？

正德二年（1507），王阳明因力主正义得罪太监刘瑾而被廷杖之后，发配到贵州龙场（今贵阳市修文县）驿站担任驿臣。那是一片僻险荒蛮之地，兽虫出没，瘴疠其间，蛮民土著语俗不通。王阳明惨遭此祸，心境自是孤独寂寞、苦闷悲戚。他由繁华恬静、文雅舒适的京城，陡然漂落到偏僻、荒凉、寂寥、冷漠的龙场，举目无亲，衣食无着，不由得产生一种巨大的失落感，仿佛跌入万丈深渊。他自知无处申冤，万念俱灰，于是对石墩自誓：“吾惟俟命而已！”他心乱如麻，恍恍惚惚，悲愤忧思无法排解，终夜不能入眠，起而仰天长啸，悲歌以抒情怀。诗不能解闷，复调越曲。曲不能解闷，乃杂以诙笑。更紧要的是寻找食物维持生存，他先是采集野菜野果，继而再学刀耕火种，这对于习惯了官宦生活的王阳明而言，如同回到了原始先民的活法。

王阳明在龙场静悟的山洞

在此逆境之中，王阳明以本心的真诚感化了淳朴善良的当地土人，他们给予了他无私的帮助，他们在与王阳明的接触中，知道这个来自天子朝堂的官是受到迫害的好人，于是热情地为他提供食物，为他修房建屋，教会他谋生的本领，使他增强了生活的

龙场阳明洞

勇气，立志与命运抗争。谪居龙场三年，让他最受感动的就是这些土生土长的“夷民”，他体味到人间的善意真情来自于本心，深感“良知”的可贵，从中得到新的启示、灵感和信心。

他用生命来体验残酷的现实，思考人生世态，求索圣贤之道。王阳明每天劳作之余静坐冥思，头脑中风起云涌，王阳明向自己发问：倘若孔子身处这样的境地，他会怎样？倘若尧舜、文王周公居于此，他们会如何应对？他这是想从心外的古圣贤那里寻找智慧而突破困局。他又想到朱熹，按朱熹的思路，此时此刻应该去向外寻求生存智慧。这就是朱熹的“格物致知”：去外在的万事万物上探究知识和道理，然后付诸于行。可王阳明想来想去仍然想不出头绪。王阳明摇头叹息，心力交瘁。他找到龙场附近一座小山上的岩洞，作为自己静思默坐的处所，称之为“玩易窝”。身居其中（把）玩（周）易，“究天人之际，通古今之变”，在沉思中心境由烦躁转为安然，由悲凉转为欣悦，一种生机勃勃的情绪油然而生。在龙场这既困苦又安静的山野里，王阳明结合历年来的遭遇，日夜反省。一天半夜，似梦似醒间似乎有人和自己说话，他在恍惚的睡梦中突然惊醒，如神魔附体一样尖叫起来：“啊，原来如此！圣人之道，理在心中。”王阳明想起年轻时的格竹和眼下处境，心中豁然顿悟，“圣人之道，吾性自足，向之求理于事物者误也”。心才是感应万事万物的根本！他由此提出“心即理”的命题，这就是著名的“龙场悟道”。“龙场悟道”成为他人生中的一大转折，是他学术思想的新开端。

龙场在万山之中，随身带来的书籍有限，他于是默记《五经》要旨，但凭自己的理解去领悟孔孟之道，忖度程朱理学。这一改变使他摆脱了世间凡俗，跳出了“以经解经”“为经作注”的窠臼，发挥了独立思考，探索到人生解脱之路。他在龙冈写成了《五经臆说》，以其极富反叛精神的“异端曲说”向程朱理学发起质疑和驳难。从前按照朱熹“格物致知”的解说，枝枝节节地去推究事事物物的原理，真是大误。原来万事万物都在心中，格物就是正心，正其不正，便归于正。浅近而言，人能为善去恶，就是格物功夫。如此一来，“格物致知”就是在事物上正念头而实现良知。物格而后知致，知是心的本体，心自然会知。见父知孝，见兄知悌，见孺子入井，自然心生恻隐。这便是“良知”，不假外求。这就是说，每个人的内心都有良知，所有的道理都在心上，心即理，何必求诸于外？

王阳明看到许多学人，遵循程朱理学的要求，引经据典地格物致知，真正用的时候，又不知从哪里入手。鉴于这种情况，王阳明提出了“知行合一”。这又与朱熹等宋代理学大师的经典不一致了。朱熹、陆象山等都认为知和行是有先后次序的，先有知后有行。而王阳明的观点是知就是行，行就是知，没有行过的知不是真的知，知、行是一体两面，即知行合一，知是行之始，行实知之成。所谓心学，就是心有良知，天理即人心，一切学问都可求诸于内心，而人有欲望，会掩盖良知，所以“存天理，去人欲”依然是必要的。修身就是修心，在各种欲望面前都能不动心，那就是至高的境界了。

由此可知，王阳明龙场所悟出的道，就是“心即理”和“知行合一”。自龙场悟道后，王阳明走出低谷，意气风发，他所凭借的正是“心即理”和“知行合一”。“心即理”成为王学的基石。后来，王阳明在《朱子晚年定论序》中述说了自己悟道求索思想学说的演变。

修文县文成公祠前知行合一刻石

守仁早岁业举，溺志词章之习，既乃稍知从事正学，而苦于众说之纷扰疲薾，茫无可入，因求诸老、释，欣然有会于心，以为圣人之学在此矣！然于孔子之教间相出入，而措之日用，往往缺漏无归，依违往返，且信且疑。其后谪官龙场，居夷处困，动心忍性之余，恍若有悟，体验探求，再更寒暑，证诸五经、四子，沛然若决江河而放诸海也。然后叹圣人之道坦如大路，而世之儒者妄开窦径，蹈荆棘，堕坑堑，究其为说，反出二氏之下。宜乎世之高明之士厌此而趋彼也！此岂二氏之罪哉！间尝以语同志，而闻者竞相非议，自以为立异好奇；虽每痛反探抑，务自搜剔斑瑕，而愈益精明的确，洞然无复可疑；独于朱子之说有相抵牾，恒疚于心，切疑朱子之贤，而岂其于此尚有未察？及官留都，复取朱子之书而检求之，然后知其晚岁故已大悟旧说之非，痛悔极艾，至以为自诳诳人之罪不可胜赎。

（《王阳明全集》卷七）

在朱子之学一统天下的时代，王阳明对朱子学说大胆地质疑，提出与朱学相异的“致良知”“知行合一”说，引导人们向内心寻求精神解放，无异于在一潭死水中扔进一块石头，激起层层波澜，给当时的社会思想意识层面带来了巨大的冲击。开始，人们不能理解其本意，惊讶者有之，非难和指责者层出不穷，甚至到了嘉靖初期，王阳明已经声名鹊起，仍然有桂萼等保守派诋毁阳明心学。在朱学占据统治地位之时，王阳明敢于否定朱学，其意气之盛可谓壮哉！王阳明曾经这样形容自己的处境：“危栈断我前，猛虎尾我后，倒崖落我左，绝壑临我右。我足复荆榛，雨雪更纷骤……”“举世困酣睡，而谁偶独醒？疾呼未能起，瞪目相怪惊。反谓醒者狂，群起环门争……”也正是在千难万险之中，阳明心学不断探索实践，趋于完善。“致良知”思想最终凝练而成。

贵州修文县王文成公祠

在平定山寇，接着平定朱宸濠叛乱，与前来平叛搅局的宦官周旋的关键时刻，王阳明凭借心学定力，运用圣贤之道战胜了强大的对手，说明阳明“致良知”思想是在艰难困厄的实践中摸爬滚打得出的真理，经得起实践检验。

王阳明到滁州任职太仆寺以后，在写给王纯甫的信中曾深有感慨地说：“及谪贵州三年，百难备尝，然后能有所见，始信孟氏‘生于忧患’之言非欺我也。”

走出龙场三年以后，王阳明来到滁州，这是他悟道成圣，心学发展的第二阶段。

第二章 ‖ 赴任南太仆

在中国的地理版图上，滁州是南北交汇之地；而在滁州的历史版图上，龙潭与太仆寺又是两个密切相连的亮点。这个亮点，因为朱元璋的御敕而隆起，因王阳明的到来增添了许多故事。他们两人，一个是君临天下的帝王，一个是直逼孔孟的思想大师，共同为滁州明代以降的历史书写了浓墨重彩的政治文化背景。而滁州的地灵人朴与景明风淳，也为这两位伟人提供了得天独厚的依托环境。故此，朱元璋在龙潭实现了他的精神祈祷，充满信心地将“马政”司令部扎在这里；王阳明肩任“副司令”，同时把龙潭周边作为他带领游学的天然课堂。山城冏署因为得太祖隆恩和阳明心学真传而声望益隆，这是地理因素的政治安排，更是人文契合的历史机缘。

一、开天首郡地

滁州向北行至淮河岸边，有个古老的地方——濠州。1328年，贫苦农民朱元璋即出生于濠州钟离乡。元至正十二年（1352），经受种种苦难磨炼的青年朱元璋，投奔定远人郭子兴领导的农民起义军，他作战勇敢，又有谋略，深得郭子兴的赏识。郭子兴把自己的义女马氏嫁给了朱元璋。至正十四年（1354）三月，朱元璋率军兵略定远，一举攻占滁州。他在滁运筹帷幄、祈天谋人（龙潭祈雨），挑选幕僚（滁人范常、杨元杲、阮弘道等文人），收养义子（何文辉、徐司马、平安等），培植亲信，建立“朱家军”；得到夫人的支持，与猜忌擅权的岳父郭子兴和小舅子虚与周旋，扩充势力；出兵支援六合，击败元军，攻取和州，占领太平，向集庆（后称应天、南京）进军。奠定了建立明王朝的军事政治基础。以此为起点，南征北战建功立业，打败陈友谅，消灭张士诚，至正二十四年自称吴王。朱元璋勇谋兼施，他利用红巾军小明王韩林儿的龙凤政权旗号发号施令，后又将小明王囚禁于滁，谋沉于江。至正二十八年（洪武元年，1368），这位淮甸农民出身的英主——朱元璋终于推翻元朝统治，建立大明王朝，在滁州一江之隔的南京称帝，是为明太祖。跟随朱元璋起兵征战南北的许多将领都是定远、凤阳、滁州人，以李善长、徐达、汤和、沐英、胡惟庸、蓝玉等为代表的“淮西集团”人物，成为明朝的开国功臣。

大明定都南京，滁州成为京畿辅地，两京古驿道清流关上刻着四个大字“金陵锁钥”，凸显滁州对南京的拱卫作用，政治、军事地位不言而喻。再因为滁州是朱元璋树旗帜打江山的第一块“革命根据地”，并且在这里运筹帷幄，蟠龙呈祥。故此，有明一代，滁州府被誉为“开天首郡”。洪武二年（1369），朱元璋在自己的家乡临濠府大兴土木，建设制冠天下的中都皇城（位于凤阳县城西北部）。滁州又成为南京—中都—北京的必经之路。

朱元璋登基以后，对滁州分外关照，出于对家乡凤阳以及滁州作为打天下立基之地的恩惠，施行了一些轻徭薄赋的优惠政

滁州古城拱极门

策，减免了滁州一些赋税。洪武三年，朱元璋追封已故的义军领袖、自己的岳丈郭子兴为滁阳王，在滁州龙兴寺西内城河东岸（今滁州市第一小学）建滁阳王庙祭祀。洪武六年和八年，他先后两次驾临滁州巡视。八年那次，他兴致勃勃地登上丰山岭，瞭望滁州，写下《感旧记》，抚今思昔，追忆过去的艰难岁月，抒发感慨之情，表达对滁州山水和人事的感念。尤其想到自己当年在丰山下柏子龙潭求雨的传奇故事，不由心驰神往。

让我们来回溯朱元璋龙潭祈雨的故事：

滁州城西南三里有一座丰山，滁人有谚云：丰山着帽（有云），丰年之兆。丰山东南的山脚下，有一处深潭，名曰柏子潭，老百姓称为龙潭。龙潭原为汉代采铜开凿的铜坑，面积一亩多地，有泉眼涌出，积水成渊，四周及潭底均为青黑色的巨石，潭水色深碧绿，据说有龙生焉，每求必应。宋太祖赵匡胤打下滁州，龙潭边曾有小白龙显现。宋乾德四年（966）滁州知州高保绪在潭边建庙，绘五龙像。元丰二年，郡守吕希道上奏朝廷，赐名“柏子龙潭庙”。庆历六年欧阳修知滁州，曾在龙潭祭祀，留有《柏子坑赛龙》文。至正十四年（1354）朱元璋率军在滁州驻扎十个月。那年六至七月，滁州持续干旱，田地干涸，百姓与军队生活用水缺乏。朱元璋十分焦虑，听从滁州一个文人谋士杨元杲的建议，到柏子潭向神龙求雨。朱元璋立于高岗，射潭中三矢，祈祷神龙三日后雨。三日后果然大雨如注，旱象始解，是岁滁州大熟。朱元璋感激苍天护佑，神龙显灵。即位以后，洪武六年（1373）九月十三日，朱元璋遣使祭祀柏子潭“神龙”，亲自撰写《祭柏子潭神龙文》。洪武十六年（1383）命工部疏浚龙潭，潭周筑楼，极其壮丽。洪武十八年（1385）朱元璋下诏在柏子潭建御碑亭，十九年四月，亲自撰写御制“柏子潭神龙效灵碑”文，刻巨石立于亭内，并派专人看守龙潭。每年六月六日，当地官员都要率吏民前往祭祀。这里成为滁州十二景之一“柏子灵湫”。每逢天旱的时候，身在京城的朱元璋就会想起柏子潭，向西北方向遥望，思念滁州龙潭的神龙。

朱元璋敕封的柏子潭神龙、敕建的神龙效灵碑，以及龙潭周边陆续兴建的纪念太祖丰功伟业的恢弘建筑，成为具有皇家色彩的地标，四方宾客来滁，莫不至此顶礼膜拜，极大强化了滁州的政治文化氛围。永乐年间，滁州知州陈琏写《柏子潭记》，为明永乐四年六月初三巡视柏子潭后记文，对龙潭的恢弘景象有详细的描述。《记》云：

城西南有山，巍然高大为此邦之望者，曰丰山。山之阳有山

明代柏子龙潭图

联络而来，隆然而高者，曰柏子山。山崖下有深渊，曰柏子潭，即宋郡守欧阳修柏子坑赛龙处。潭左高阜旧有会应祠，绘五龙像祀之。五龙各封王爵。

我太祖高皇帝甲午年驻跸滁阳，是年秋七月，适丁旱暵，尝祷雨于神，大著灵应。洪武六年，遣使来祭。九年，敕有司建祠宇，改封神，曰柏子潭神龙。十八年冬，敕建碑亭。十九年夏四月，复遣崇山侯同工部主事刘仲廉，督滁州等五卫军匠浚潭建楼，复新祠宇，丹碧焜煌，照耀林壑而规模宏远矣。

行可三十步，至碑亭。亭三楹，地处高爽。或云即时若亭故址。亭中树石碑一，云龙蟠首而龟为趺。书太祖皇帝御制祭柏子潭神龙文及御制神龙效灵碑。奎光照回，上烛霄汉。四方来游观者，莫

不稽首碑下。(《南滁会景编》柏子潭文集)

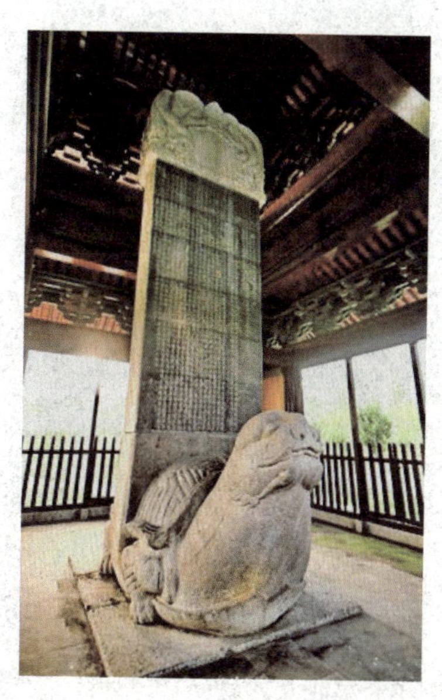
明太祖御制碑

龙潭，因为宋代欧阳修的祭祀、明代朱元璋的御制而名声大噪，后来又成为王阳明大师的讲学之地，明清以降就是名胜之景。龙潭神庙祭祀，自宋代延续，因为系朱元璋钦制，增添了皇家色彩，显得格外隆重。龙潭祭祀成为朝廷定制主持的公共活动。太仆寺旁建有马神庙，太仆寺官员和滁州地方官们将官府意志融入了社会生活和民俗文化之中。以龙潭祭祀和马神祭祀为主的民俗文化延续不断。民间由祭祀附带的习俗：农历五月为祈雨月，十三、二十五日为龙作雨日；“六月六，家家晒龙袍”由此遍及江淮和江南地区。

洪武二十二年(1389)，朝廷升滁州为直隶州，领全椒、来安县，直隶于京师，永乐后改隶南京。明代前期的滁州，继北宋欧阳修主政以后，出现了又一次繁盛时期。

二、太仆理马政

明太祖对滁州的青睐还不仅止于上节所述。洪武六年(1373)二月，朱元璋下诏在滁州设立管理全国马政的中央机构——太仆寺。太仆本为官名，为天子执牧，源出于西周，穆王即位，命贤臣伯冏为太仆正，作《冏命》。此后，便将掌管舆马之事的官简称为冏卿或冏牧，秦汉时主管皇帝车辆、马匹，后逐渐演变为历朝专门掌管马政事务的中央机构，称为太仆寺。在冷兵器时代，马匹是行军作战和运输必不可少的战略物资，马匹的繁衍关系国家兴亡，“马政即国政”。因此，历代王朝都非常重视马政。戎马半生南征北战的明太祖尤其深谙马政对于大明王朝的重要。他选择滁州设立太仆寺有两个原因：一方面，滁州是朱元璋起兵之后的革命根据地，他对滁州的地形地貌较为了解，深知滁州西南多山、层峦起伏，连绵数十里，山环水绕，草木丰美，适宜牧养马匹，是一处天然的大牧场；同时，明太祖对滁州乡亲的淳朴民风也深有体会，对滁人忠信度深信不疑。另一方面，滁州位于长江以北，与南京一江之隔，便于江北各州县马匹来此地验查，就近征用方便易行，无需渡江前往南京。

养马图

明嘉靖三十一年（1552）雷礼所著《南京太仆寺志》卷九记载，太仆寺署先建于“滁城龙兴寺东……洪武十一年（1378）以其隘甚，改建城外西南三里，据丰山之阴”。（《四库全书存目丛书》史部第257册第522页）太仆寺署又称冏台。《滁阳志》卷六载：“冏台，太仆寺，在城南龙潭东北，洪武六年，建寺城中龙兴寺东，十一年改建今址。”太仆寺距龙潭东北约半里，抬头可仰观丰山，寺署前后两条溪水环绕，周围古木参天。丰山也被称为南京太仆寺的“官山”。山下野坡广阔，便于校阅马匹。太仆寺附近有龙泉寺、马神庙。寺署遗址位于古龙池街东北，今西涧路与天长路交口附近。2015年太仆寺署在旧址得以复建，参照太仆寺规制图，仿明代官署风格，门前树立一座高大牌坊，额书“南京太仆寺”。

明成祖朱棣改朝以后，永乐初另设北京太仆寺，永乐十九年（1421）设于滁州的太仆寺改称南京太仆寺，与北京太仆寺划疆而治，管辖马政的范围包括南直隶（江淮地区和江南），主要职能为掌管军马的牧养、征调等事务。管理京城应天府，江南直隶镇江府、宁国府、太平府、广德府，江北直隶凤阳府、徐州、扬州府、淮安府、庐州府以及滁州、和州等九府三州的马政和草场，也管理这些地方的种牛，供应朝廷和军队的需要，由兵部统辖。

太仆寺为从三品衙门，长官设卿一员（从三品）、少卿二员（正四品）、寺丞六员（正六品）、主簿一员（从七品），正副职官阶高于当地州官品级。有明一代270年间，共有太仆寺卿145名、少卿153名在滁州任职。寺署衙门在滁州一直存续到明朝终结。

有明一代，太仆寺对滁州的政治、经济、文化以及城防影响很大。南京太仆寺是历史上唯一设立在滁州的中央级政府部门，大大提升了滁州的政治地位。太仆寺官员协助地方兴办了一些务实利民之事，如协助地方官施政奏疏、赈灾减赋、修桥铺路、守城防寇。明代滁州城厢范围得以拓展，与南京太仆寺有着莫大的关系。因南京太仆寺官阶较高，凡遇大事，滁州知州多与其卿、少卿商议决断。太仆寺设立在滁，加强了滁州在官僚体系中的链接。太仆寺为中央直属机构，全国层面的政治文化信息能够较快传递到滁州，太仆寺官宦职事的频繁变动，加速了官僚之间的交往和信息互动，也开阔了滁州地方官施政交际的空间，南京太仆寺便成为宦聚交游的逗留之所。仅就《南滁会景编》诗文名录及其唱和统计，有明一代，来滁的进士以上官宦文人不下于两千人，其于滁州士民的对外交流和自身文化的提升大有助益。

重建的南京太仆寺牌坊

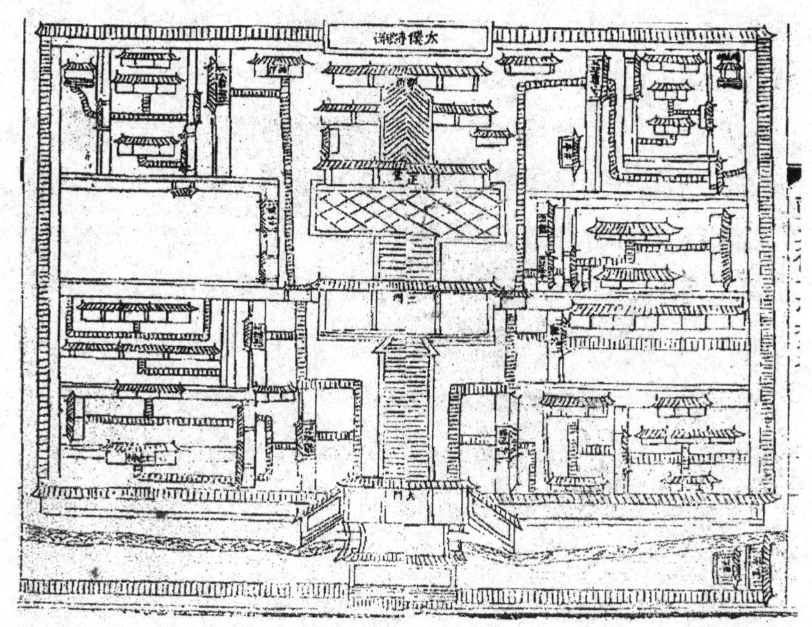

载于《南京太仆寺志》的寺署平面图

明朝一些名宦要员任职太仆寺，他们之中有不少是思想家、文学家、诗人和书法家，文化修养深厚，为政之暇，乐游滁阳山水美景。滁州又当南北孔道，宦儒往游于中都、滁州、南京之间，在滁留下很多文化遗迹，或筑亭造景，或记文刻石。兴之所至，留下了大量诗文。

明初大学士宋濂扈从太子经滁州游琅琊山，写有《琅琊山游记》。江南才子文徵明父文林于成化二十一年至弘治五年（1485—1492）任南京太仆寺丞，叔父文森与王阳明同期任职南京太仆寺少卿，文徵明因而青少年时代多次居滁，与滁州结下深厚情谊，留下诗文碑刻，并为其父文林编辑《琅琊漫抄》一书。

滁州城西之龙潭为朱元璋求雨故址，太仆寺为保护旧迹修整御碑亭，嘉靖三十三年（1554），巡按御史郭民敬在龙潭旁建绎思亭，太仆寺少卿章焕为之记。万历三十八年（1610），南京太仆寺卿吴达可与少卿钱士完一同为琅琊寺重选住持，并为琅琊寺划拨田产，保护了千年古寺。太仆寺官员唐元钦、王汝训、张思忠还捐款在黄草洼建造了一座幽栖寺。醉翁亭几经风雨战火，屡废屡兴。天启二年（1622），南太仆寺少卿冯若愚在醉翁亭内建“宝宋斋”，保护“欧文苏字”。万历三十八年（1610），太仆卿吴达可主持募捐修滁南道路，“向之苦于崎岖湫隘者，今渐夷为康衢坦道矣。”又在州南十三里店建构便民亭。明崇祯九年（1636）正月，农民军攻打滁城，南京太仆寺卿李觉斯与知州刘大巩共同御敌保城，百姓免于兵燹之灾。

明代马政主要是实行民间养官马的制度。“户马法”根据民户的丁口田产情况，将马匹交其饲养，按期缴纳马驹。同时减免养马户的田租。民间养马有三种形式：种马、俵马、寄养马。种马者，儿马、骒马搭配，孳牧繁育；俵马者，以优良健壮的马驹解送给国家；寄养马，以俵马发寄民户牧养，随备征用。

明朝中期以后，马政逐渐走向衰变期，民间养官马的弊政日趋显现，朝廷不断改变役民征马办法，诸如定种马之额、俵马征折色、定寄养之数、变卖种马等等。

太仆寺管辖范围包括江淮地区和江南大部分地区。前期，南京太仆寺所属各地种、儿、骒马数量，共三万七千五百匹。弘治以后，随着俵马折色化（马匹折成银两）、种马变卖等赋役折银制的实行，南京太仆寺所管辖的马户、马匹、草场等马政资源都

位于丰山下的太仆寺官署、御碑亭，2017 年重建竣工

逐渐白银化[①]。隆庆二年（1568），南京太仆寺种马大量出卖，减少本色马匹的征收，改为征收折色银两，减轻了南直隶马户的负担，同时，南京太仆寺的职能逐步弱化，因此减少少卿寺丞各一员。“马折银”制度使南京太仆寺的财政职能增加，也为其“出俸”修缮、给赏等提供了一定的余地。冏署渐渐演变为一个清闲的机构。因此王阳明心甘情愿来滁州任太仆寺副主官，也是看好了这个职位，自己能有更多的闲暇来传道授学。这些身为三品四品的太仆寺卿们学养深厚，“冏务多暇”，而将更多的时间和情趣转向文化精神的追寻，景仰欧王，承袭宋儒理学，寄情山水，抒发情怀、辨析义理，记游记事、备述地情史迹，修建人文景观，是太仆寺官员和地方官吏共同的文化特征。与王阳明同时代的文徵

① 参见刘利平《赋役折银与明代中后期太仆寺的财政收入》，《故宫博物院院刊》2010 第 3 期。

明，于弘治四年（1492）有诗描述寺署《太仆寺厅事题》：

清闲官府面山开，左右松杉四十栽。
满地绿阴衙吏散，游人无禁去还来。

王阳明在滁州时，太仆寺有寺卿一名，少卿三名（超一员），属下寺丞、主簿、典吏未减。作为副职的阳明先生马政分工没有太多事务可做。故此，他在滁州《林间睡起》诗中感叹“林间尽日扫花眠，只是官闲愧俸钱”，因而把主要精力用在讲学上了。

南京太仆寺因管理马政而设立，在其存在的270年过程中，给滁州及江南各地居民带来了赋役负担，到了明中后期，滁州的赋税日益沉重。尤其到明末，社会动荡，国力日衰，为筹备辽饷、剿饷、练饷之“三饷”加派，南京太仆寺为催督马价银两也曾横征暴敛，加重压榨百姓，加剧了社会矛盾。但是南京太仆寺对滁州的政治、经济、人文影响，成为遗留下来的宝贵历史资源是显而易见的，值得后来人研究和利用。尤其在王守仁任职太仆寺期间，寺署成为传授心学的据点，其思想文化价值远远超出了马政本身。

三、滁道马蹄轻

滁州自古以来就是南北陆路交通的驿站，南行50里达于江浦，江南岸即是金陵；北走80里到达临淮关，涉淮水而上中原，这条南北陆路驿道起始于北京，经山东过淮河南下，经（临淮）凤阳中都而至滁州，再东南经江浦，渡长江而达南京，称为“京京驿道”。正德八年深秋，王阳明到南京太仆寺上任，走的就是这条江浦经东葛、乌衣，抵滁州的驿道。

十月的江北清霜铺地，山水一片浓墨重彩，暖阳朗照，微风吹拂。阳明先生轻装简从，只带了两名随从，从浙江家乡出发，经过南京，渡过长江，在江浦下船乘马，十月二十二日（公历 1513 年 12 月 1 日）走上京京驿道，向目的地滁州进发。路上，南来北往的商贾、游人、驿使川流不息，宦游中的官员纷至沓来，官员由南京赴山西、湖北等地任职也多经滁州。从古到今，多少帝王将相、英雄豪杰走过这条南北通衢，车辚辚马萧萧，演绎过无数风云变幻、改朝换代的悲喜剧。又有多少名士鸿儒文人迁客满怀一腔壮志循着这条悠悠征途去实现雄心壮志，抑或浑身落魄，满腔悲愤寓客他乡啊！而大凡过滁者，必瞻仰太祖遗迹柏子潭、御碑，游醉翁、丰乐亭等名胜。明代著名学者、藏书家赵用贤（1535—1596）在他的《南游漫稿序》中说："自渡江以北，其山水之名胜莫过于滁。士大夫之为南北游者，率就而假息，以一寄其登望之乐。"

因此，滁州诚如明代辅臣叶向高所说，为"南北冠盖之所经"的重要驿站。《滁阳志》记载："滁当南北往来要冲，车辙马迹，络绎不绝。国初于滁阳尝设三驿：曰滁阳，曰大柳树，曰东葛城。洪武九年，始以东葛城拨属江浦县。永乐元年冬，有旨开北京驿道，于是属驿来安天井村复为三驿。四方往来之使，止则有馆舍，顿则有供帐，饥渴则有饮食，视前代盖为极盛云。"[①]明代滁州南北交通之繁盛，远远超过了前代。永乐十三年秋，明

① 万历《滁阳志》卷六"公署、职役、邮传、户口"。

王阳明到滁州

成祖朱棣下旨扩建滁阳驿，“上以北京至南京水陆驿舍湫隘，命工部降图式，遣官分督军卫有司盖造。而滁阳驿旧址浅狭弗称，始于驿后增筑[①]”。九月启工，冬十一月竣。

太仆寺为送往迎来专门设立了宾馆。南京尚宝司卿祝世禄有诗云：“三年逐行役，十度过滁州。”在太仆寺任职多年的潘希曾在《滁阳赠言序》中云：

滁介江淮之间，阻山抱涧，舟车罕通，唐以前未显也，宋欧阳子作守，文章节义动一时，游观品题形胜拔出，自是名人韵士往往闻风而游，而天下知滁矣。迨我皇明，实登畿辅，寻建太仆寺，总

① 见万历《滁阳志》卷十二“艺文”之《重修滁阳驿记》。

摄马政，则以其地为桃林华阳，而天闲之往来，冠盖之南北，日交乎滁之阳矣。盖滁之遭，莫胜于今，而欧阳子之遗迹过而访者，益多于昔。”①

就是说，明代走京京驿道到滁州的人越来越多，远远超过了前代。

王阳明对这条京京古道当然不陌生，弘治十四年（1501）八月刑部派他到江北审录囚犯积案，从凤阳府往九华山，可能走的就是这条驿道，不过没留下记载。他若到南都，必然会注意到得天时地利的滁州，因为有太仆寺在此，格外引人注目。上任之前，阳明先生也对滁州的山水人文进行了一番考究。

千百年来，滁州都是一处南北交融的地方，中原人口循这条古道，不断向南方迁徙流动，明初官府又从江南移民于滁境。在长期的生产、生活中，南北习俗相互融合、演变，逐渐形成滁州人共同的风俗习惯，代代承袭。其民俗特点是融南北于一体，形式多样而内涵丰富。其民风呈现淳朴、爽朗、随和、刚柔相济的地域特质。阳明先生沿途看到，农人在田间辛勤劳作，商旅沿路摆摊，老幼祥和，鸡犬安宁，内心涌上一股暖意。滁州果然是一处理想的所在，比起那欲望横流的京城，也堪称世外了。

正德六年（1511），王阳明在京城已经授徒讲学，在当时的思想学术界声名鹊起。朝廷派他到滁州去做一个清闲的南京太仆寺副主官，是为减少王阳明越来越大的影响。其实更主要的原因

---

① 见潘希曾《竹涧词》。

在于王阳明自己。他厌恶朝中弊政，宫内乱象，权奸横行，皇帝昏聩，寇警四起，灾异频现，“渐复刘瑾时事”，自己又处于无奈，遂萌生离开京城的想法。正德七年四月，阳明致家书给父亲，谈论家事国事，表达对时弊的评述和对国事的忧虑，“未知三四十年间，天下事又当何如也”。忧心忡忡，流露思退之心，意欲南都寻一闲职，“若得改南都”以讲学为重。[①] 同时，在致湛甘泉的书信中，也表达了目睹朝中危机四伏，身处无奈，自己告病未允，又求南都去的想法。南京太仆寺中也有王阳明的好友，如正德七年任太仆寺卿的于凤喈，正德六年在嘉兴府任上，王阳明进京路过

滁州山水田园

① 《阳明上海日翁大人札》，见《式古堂书画汇考》卷二十五。《阳明文集》未载。

嘉兴访游，于凤喈将阳明赠诗补入《嘉兴府志》。由此可见，升任南京太仆寺少卿，也许就是王阳明自己争取的结果，正合他的心愿。这对于了解王阳明到滁州以后柳暗花明又一村的心境十分重要。也许正因为此官职事闲适，故此，王阳明才能延宕大半年，于正德八年深秋十月才到滁州任上。其实，滁州山水佳胜，地僻官闲，正为王阳明授徒讲学提供了得天独厚的条件。王阳明在癸酉八月后写给黄宗贤的信中说："滁阳之行，难更迟迟，亦不能出是月。闻彼中山水颇佳胜，事亦闲散。"

进入滁州地界，经过东葛驿站，在乌衣老街小憩过后，从街西头折上古道，加鞭催马，直奔滁州而来。远远望见琅琊山蜿蜒在天西北画了一道曲线，东边不远处清流河水平静地流淌。今后将要在这里度过一段淡泊求真的时光，王阳明心中充满了对这片乡土的期待。

第三章 ‖ 讲学琅琊山

南京太仆寺当年遵循开国皇帝明太祖的御旨建设，按照副部级衙门的规制，在滁州这个地方称得上高台大府了。其整体布局为坐北朝南。寺东南立有牌坊，门前有照壁。进入大门，有一道仪门，各三间，中轴线排列厅堂，正厅五间，厅后为堂，经过穿廊，为云锦堂。又其后为正堂、栖云楼，面阔五间。正堂东西分别为少卿衙舍，前为寺丞主簿衙舍。正堂西北有“三柏堂”“对峰亭”和“活水亭”。东南有一座“德星堂”。二门东西两庑分别为吏舍以及库房等。前朝陆续对房舍和围墙进行了修整，在寺东增筑了环山楼。整座寺署环境严整清幽，学养深厚的官僚来此任职，总不免发出山水生意、天理人性之咏叹，从而留下了一些好诗文。王阳明来到寺署，初步熟悉了分管的事务以后，遂登楼眺望，周边山林郁郁，寺外溪水潺潺，远观城郭炊烟袅袅。他顿觉生机无限、心旷神怡，陶然其中。太好了！果然是个山中衙门。自己已逾不惑之年，心中自有大千世界，这幽静的处所、悠闲的工作，正适合调整心境，开掘学问，开拓游学之途。如果说此前是王阳明心学基本形成的阶段，那么，从今后，就是阳明先生聚众游学的开始。阳明的心神如同松风流云一样舒卷自由，随着同道门人接踵而至，太仆寺内、琅琊山下，瞬间也变得活跃起来。

一、山游作课程

琅琊山是长江北岸一座风景秀丽的历史文化名山，位于滁州古城西南郊约 3 公里处，城山相依，环境殊胜。宋代欧阳修在《醉翁亭记》开篇写道："环滁皆山也，其西南诸峰，林壑尤美，望之蔚然而深秀者，琅琊也"。

琅琊山系诸山总称，包括大丰山、小丰山、凤凰山、鸡爪山、赵家山、尖山、龙头山、龙尾山、花山等共大小山峦 72 座。最高山峰为小丰山，海拔 321 米。全境核心景区面积 115 平方公里。景区内千峰浮翠，葱郁苍茫，蔚然深秀。山峦耸然而特立，幽谷窈然而深藏，山势漫坡逶迤，俊逸秀丽。山中林壑尤美，林间朝晖夕阴，泉涌琉璃，溪水淙淙，飞瀑湍涧，云蒸霞蔚，峰峦湖泊相间，"九洞十泉"，怪岩奇穴幽洞，偶尔还出现"海市蜃山"的奇美景观。山水清丽多姿，禽鸟游人相娱，有"六朝以来淮东胜境于此称最"的美誉[①]。明成化年间的翰林学士、江浦人庄定山在他的《琅琊山纪胜》中吟道："一崖风景一跻攀，贪看风景不肯还。开辟以来原有此，蓬莱之后无别山。"

琅琊山的气候温和，湿润清爽，舒适宜人。欧阳修在《醉翁亭记》中写出了琅琊山朝夕变化、四时之景：

若夫日出而林霏开，云归而岩穴暝，晦明变化者，山间之朝

---

① 民国《琅琊山志·序》。

暮也。野芳发而幽香，佳木秀而繁阴，风霜高洁，水清而石出者，山间之四时也。朝而往，暮而归，四时之景不同，而乐亦无穷也。

春季琅琊，阳光明媚，鸟语花香，山谷小溪汇入一泓清影。夏季山上幽谷生风，凉泉沁心，竹木葱郁，犹入清凉世界。初秋时节，空气湿润，云雾缭绕，如同仙境。

王阳明来滁，时值十月小阳春尾声，气温渐降，霜染山丛，秋景醇厚，松翠枫红，层林尽染，滁菊怒放。琅琊寺周围山麓树荫间，龙爪花开得火红热烈。若遇秋雨连绵，林间露水雾气如云如烟，时明时暗，更添一番秋思情韵。阳明先生下马伊始，未及休憩，就沿着琅琊古道，尽情走入山水人文妙境。

史载琅琊山为东晋元帝司马睿“发祥之地”。琅琊山文化的鲜明特色是儒释道文化并存，如三峰并峙，起伏更替，相互融和。道家文化在琅琊山起源最早。民间传说大约在晋代就有道士在山中“煮石而餐”，炼丹修行。正月初九琅琊山庙会，即为祭祀玉皇大帝、女神碧霞元君的生日。琅琊寺佛教已有1300年历史，自初建至今，绍隆佛种，续宗惠命，弘法利生，声名远播。琅琊寺历代高僧常常与文化名士结缘，如唐代大历年间，山僧法僧与李幼

琅琊山

卿；北宋庆历间，山僧智仙与欧阳修；宋朝宰相张方平与《二生经》的传奇故事等等，都为琅琊文化儒释共兴增光添彩。幽林响泉、佳木野芳，向为历代儒士所青睐，“千古吟赏地，琅琊亦称奇。”自唐初开发以来，无数名公巨卿、政要文豪、僧尼香客、四方商贾纷至沓来，或观山赏景，访古探幽，或刻碑建亭，朝山拜佛，不一而足。韦公西涧绝句、欧文苏字碑刻、宋濂明初纪文……忧乐天下、忠直孝义、风流倜傥的儒家风范，在琅琊山矗立起一座儒家文化精神的高峰。

王阳明来了，琅琊山向这位明代大思想家敞开了欢迎的怀抱，阳明学说在青山绿水中进一步凝练升华，王门学派的游学活动从此别开生面，在琅琊群山空谷传声，波及大江南北。

太仆寺官署坐落在琅琊山东北麓丰山脚下，丰山诸峦为南京太仆寺的“官山”。太仆寺署咫尺龙潭，北望丰乐亭，西依丰山，幽谷相临，溪水环流，树木葱茏，寺署周边山水清幽。沿丰山下西行，到醉翁亭也仅三里之遥。太仆寺署成了阳明学人的据点，琅琊山成为王门游学的天然课堂

王阳明在这样的环境中，与诸生或默坐于室，静思澄虑，或游学山水之间，得之天籁，洗净纤尘。每至月上林梢，数百人环龙潭而坐，吟诵诗书礼乐古圣贤之声，诸生提出一个又一个古今话题，求教于先生。先生或简言作答，或宏论数语，或默言示其自得。这是一派何等放达活跃的教学情境！

滁山水佳胜，先生督马政，地僻官闲，日与门人遨游琅琊、让泉间。月夕则环龙潭而坐者数百人，歌声震山谷，诸生随地请正，踊

位于滁州城南十里的龙蟠山

跃歌舞，旧学之士皆日来臻，于是从游之学自滁始。[①]

王阳明在滁州有众多弟子游学，“旧学之士皆日来臻”，他们听阳明先生讲学，一下子脑洞大开，从陈言俗语中解放出来，顿觉耳目一新，不由得心驰神往，随同先生于“登游山水间”而共学论道。许多读书人追侍阳明左右，与他“寓教于游”，讲学布道时所营造的自由、轻松、活泼的气氛有关。王阳明与孔子在教学方式上一脉相承，采取“随处点化人”的教学方法，与诸生一起游山玩水，听风赏月，饮酒弹琴，畅快而歌。“盖先生点化同志，多得之登游山水间也”。他们每日陪伴在王阳明左右，切磋学问、交流心得，灵感之思如同春野万物生机勃发。

阳明先生借助幽美的自然环境来洗涤大家的世俗之心，于山

① 《王守仁年谱》，《王文成公全书》第三册第1405页。

水中边游玩边讲学，“草堂寄放琅琊间”“只把山游作课程”。那一日，阳明先生率诸生行至琅琊山南麓的龙蟠山，看龙首玩珠，临偃月幽深，观宋摩崖石刻。早春寒风中的龙蟠寺断垣残壁发人思古之幽情。先生借此启发弟子，世事沧桑，青山依旧，淡泊真性，常修己身。先生即兴赋诗一首《龙蟠山中用韵》：

无奈青山处处情，村沽日日伴山行。
真惭廪食虚官守，只把山游作课程。
谷口乱云随骑远，林间飞雪点衣轻。
长思淡泊还真性，世味年来久絮羹。

用滁阳山水来感染弟子的内心，让弟子在和谐自然中体悟以静制动、体悟良知的心学法门。他还以诗证道，用“浮云野思春前动，虚室清香静后凝”“悟后六经无一字，静余孤月湛虚明”这样充满山水旨趣和心学奥妙的诗句示之弟子、传之后学，也在无形中提升了滁州山水景致的文化底蕴。

《琅琊山中》诗表达了王阳明于山水之间得到的哲思情怀[①]：

草堂寄放琅琊间，溪鹿岩僧且共闲。
冰雪能回草木死，春风不化山石顽。
六经散地莫收拾，丛棘被道谁刊删？
已矣驱驰二三子，凤图不出吾将还。

狂歌莫笑酒杯增，异境人间得未曾。
绝壁倒翻银海浪，远山真作玉龙腾。
浮云野思春前动，虚室清香静后凝。
懒拙惟余林壑计，伐檀长自愧无能。

《诸生夜坐》描述了王阳明与弟子们朝夕弦歌的高雅情境[②]。

日入山气夕，孤亭俯平畴。
……
鸣琴复散帙，壶矢交觥筹。
夜弄溪上月，晓陟林间丘。
村翁或招饮，洞客偕探幽。
讲习有真乐，谈笑无俗流。

① 《王文成公全书》卷二十第 871 页。
② 《王文成公全书》卷十九第 841 页。

琅琊山中深秀湖畔

缅怀风沂兴，千载相为谋。

“缅怀风沂兴”的“曾点气象”，是王守仁追求的理想人生境界，也是其“讲习有真乐”的审美境界。王阳明沉浸于滁州山水之间，真正领略到了他有生以来的传道快乐。据初步考证，王阳明在滁州写诗 40 首（含遗诗 4 首），在滁州前后（正德癸酉年至甲戌年）所作与弟子友人书信、序、记近 30 篇。《传习录》上卷 129 条语录，其中近半数为在滁州讲学前后的语录。该卷中一些学术思想，是王阳明后期提出“致良知”的基础。《南京太仆寺志》《南滁会景编》《滁阳志》等历史文献也记载了王阳明在滁州的讲学活动和诗文。

二、论学梧桐冈

在太仆寺的西南侧，龙潭西北缘有一片高岗，岗岭上长满了梧桐树，引得众多禽鸟栖于其间，微风吹来，阵阵鸟鸣啁啾。在中国传统文化中，凤凰与梧桐树关系密切。由于梧桐树高大挺拔，为树木中佼佼者，自古就被看重。古人常把梧桐和凤凰联系在一起。凤凰是鸟中之王，而凤凰最乐于栖于梧桐之上。如在《诗经·大雅·卷阿》里，就有关于梧桐的记载：“凤凰鸣矣，于彼高冈。梧桐生矣，于彼朝阳。菶菶萋萋，雍雍喈喈。”这首诗说的是梧桐生长得茂盛，引得凤凰啼鸣。菶菶萋萋，是梧桐的丰茂；雍雍喈喈，是凤鸣之声。在庄子的《秋水篇》里，也说到梧桐。庄子见惠子时说：“南方有鸟，其名为鹓雏，子知之乎？夫鹓雏，发于南海而飞于北海，非梧桐不止……”这里的“鹓雏”就是凤凰的一种。他说凤凰从南海飞到北海，只有遇到梧桐才落下。

由于古人常把梧桐和凤凰联系在一起，所以人们常说：“栽下梧桐树，自有凤凰来。”过去的殷实人家，常在院子里栽种梧桐，不只因为梧桐有气势，而且还因为梧桐是祥瑞的象征。

王阳明为这一片高岗起了一个曼妙的名字：梧桐冈。世人都知道“栽下梧桐树，引得凤凰来”的典故，王阳明也许在心里期望，在滁州讲学，能引来更多的有志学子求索问道，钻研古圣贤哲理，以开心学之大观。

顺着梧桐冈林间山路蜿蜒而上，就是明太祖敕修的柏子龙潭神庙。初冬时节，江北的滁州依然秋意浓浓，和煦的阳光射进婆娑的梧桐林中，北风徐徐吹过，片片梧桐叶飘然落下。王阳明特别喜欢清晨和傍晚来到梧桐树下散步仰望，或默坐抚琴。心随天远，浮想联翩，琴音与鸟鸣随风飘荡，一首《梧桐冈用韵》诗脱口而出；

凤鸟久不至，梧桐生高冈。
我来竟日坐，清阴洒衣裳。
援琴俯流水，调短意苦长。

遗音满空谷，随风递悠扬。
人生贵自得，外慕非所臧。
颜子岂忘世，仲尼固遑遑。
已矣复何事，吾道归沧浪。

从诗中可以读出王阳明比况孔颜的情怀，他在追慕高古理想

龙潭御碑亭之上梧桐冈

的心境中，流露出一种忧时隐世的淡淡愁绪，他寄希望于自己的学说，能招来久已不至的凤鸟，在新思想的梧桐冈上空盘旋鸣叫。

一群风华正茂的儒生纷纷来到滁州，围拢在先生身旁，他们常常发问，从孔子、孟子到朱子是一脉相承吗？从陆象山到阳明先生，心学究竟是怎么回事？大明王朝开国一百多年来，为什么朝政日趋颓败，许多问题按照程朱理学的学问为什么越来越解释不通呢？

这正是王阳明这位思想解放的启蒙导师要告诉人们的！

我们先来梳理一下王阳明以前的程朱理学。

先秦孔孟儒家学说，经过秦汉晋唐的浮沉激荡，到了宋代逐渐嬗变为占社会主导地位的儒家思想体系，同时吸收了道家和佛家某些理念，将古代传统的“天人合一”思想，用“天理”表述出来。推出了“存天理，灭人欲”的论断。所谓的“天理”，包括了天地人际间的一切运行规则，所谓万物只是一个天理。宋明理学也由此得名。代表人物有宋代的周敦颐和程颢、程颐兄弟，朱熹为宋代理学的集大成者。与朱熹同时期，在理学内部还产生了以陆九渊为代表的“心学”，提出了“宇宙便是吾心”的命题。到了王阳明这里，他传承与发展了心学原理，从事物外在的天理转化为人心内在的良知，将向外求天理，变为向内致良知，独树一帜，推动明代理学开了一个新生面。宋明理学的主要根据和讨论的问题都与《论语》《孟子》《大学》《中庸》紧密相关。理学人物常常围绕理、气、心性、格物、致知、主敬、主静、涵养、知行、已发未发、道心人心、天理人欲等问题展开辩论。

程朱理学成为明代社会的主流意识形态。朱熹以“三纲五常”

朱熹，宋代程朱理学集大成者

为天理的理论，对于维护正统皇权专制十分有利。明朝开国以后，明太祖朱元璋这位农民出身的人主，既有雄才大略，也非常专制强势，他不喜欢孟子所具有的“民本”思想，也讨厌孟子所处的那个异说纷呈的时代，于是命人删节《孟子》，尊崇程朱理学作为国学，将朱熹的《四书集注》定为科举考试的指导纲领，朱子理学获得了意识形态的统治地位。士人为了科举考试，只需背诵朱熹的四书章句集注即可，思想无形中受到禁锢，因此明士人不如唐朝士人奔放有气魄，也不如宋朝士人文雅有情致。再说，明朝以前的朝代，士大夫议论国是，言官无论怎么和皇帝据理力争或者批评皇帝，一般都不会受到惩罚，唐宋两个朝代尤其如此。在明朝却大不同，虽然士大夫中敢于直谏、批评朝政、与人主论是非曲直的风气依然存在。但是大臣因言获罪的惩罚从洪武朝就制定下来，一直延续于后。刑具随时设于庭上，皇上闻奏不悦，立命对臣子廷杖相加。在皇朝昏聩，奸宦把持朝政的淫威下，杖臣于庭皮开肉绽乃至死亡是常有的事情。由此可见明朝廷议氛围之酷烈。尽管如此，廷议之声仍不绝于耳。

这是庙堂之内的状况，再看朝外气象。

明朝正德年间，朱元璋创建的大明王朝走过了一百四十年，统治者的精气神逐步消减，社会各阶层对物质和精神的追求多样化，其表现在于仕途、财富、文化三种价值并存，形成政治中心北京、经济中心苏松江浙及周边地区、文化中心南京—苏州的三大中心的社会格局。社会的多元化带来了社会职业、社会思潮、社会价值的多元化以及社会等级的被打破。明初统治者所建立的政治集权和文化专制由于内忧外患而渐渐松动，市民意识抬头，传统礼教受到冲击，士大夫教学辩驳之风日盛，追求个性自由和敢于创新的思想在社会中萌芽。尤其是被定于一尊的正统意识形态程朱理学造成了文化教育的僵化，越来越受到人们的质疑。另一方面，官员以权谋私、贪污腐败，商人奢侈浪费、贪图享受等社会问题层出不穷。

正是在如此气象之下，豪迈不羁的王阳明看清了这些社会问题，却又屡屡在理学道上碰壁，在其曲折境遇中历练而成的思想，敢于向程朱理学发起挑战，提出了“知行合一”“致良知”的济世良方：人人皆有良知，只是被私欲所遮蔽。而恢复良知的方法就是知行合一。王阳明的学问吸收了儒释道之长，具有兼容并包的气魄。王阳明曾言：“圣人与天地民物同体，儒、佛、老、庄，皆吾之用，是之谓大道。”王阳明的大道是以良知为核心，包容和吸收多元社会产生的不同思想、不同声音，而不独尊某一家思想、某一派学问。王阳明提出的“良知”学说，具有包容灵活的特点，契合时代风气，进而形成独树一帜的阳明心学。

阳明思想来源于宋明理学而又超越理学，其核心内容是“良知之学”，其基本观点是把人视为道德主体，以提高人的道德素质、成贤成圣为终极关怀，主要通过心即理、良知及致良知、知行合一、吾性自足、人人皆可为圣人等命题展开，并以讲学等实践活动来实现自己的主张。

在风光怡人的梧桐冈上，王阳明向他的学生们论说心学思想的基本出发点。

何谓“心即理”？

王阳明说：“心即理”，这是我的思想立论的基本点，心外无理，心外无事，心外无物。朱夫子教世人“格物致知”，认为理是事物之理，存在于万事万物之中。我有格竹的体会，吃尽了苦头。千难万险悟出的理在心中，不存在于事物之中。世间存在的事物千差万别，只有一理在心中。如所谓事父、事君、交友、治民所表现出的孝、忠、信、仁之理，此理在事之对象上，还是在事者之心中？朱夫子以为在事之对象上，我以为在事者之心中，因此不需要外求，只求天理之心发之为事，在此心上求所事之对象，自然达到孝、忠、信、仁。

弟子们如梦方醒，按照先生“心即理”的价值判断，以心来衡量事物，事物才有价值，对心的肯定，实际上是对人的道德主体性的高扬。大千物质世界在人类出现之前就早已存在，但那仅仅是存在而已，而人出现以后则有所不同，人使这个世界打上了自己的印记，人成为这个世界的主宰。从这时起，客观世界的一切都要通过人来审视，它本身所包蕴的一切是否有价值或意义，都由人来评估实现。因此，“心即理”的意义在于强调人的主体性、人的价值。

王阳明又论道，“知行合一”原来是一个功夫。

“知行合一”是我在龙场艰难困苦中悟出来的。到了滁州，我继续阐述这个观点。王阳明道：知与行并非朱夫子说的“先知后行”或知行分离。“知是行的主意，行是知的工夫。知是行之始，行是知之成”。“知而不行，只是未知”。“行之明觉精察处，便是知。知之真切笃实处，便是行。若行而不能精察明觉，便是冥行，便是‘学而不思则罔’，所以必须说个知。知而不能真切笃实，便是妄想，便是‘思而不学则殆’，所以必须说个行。知行原来只是一个功夫”。

王阳明以自己的切身体会告诫诸生，“一念发动处即是行。”“知行合一”说的中心是“行”，而不是“知”，这是一种实践主义的思想。所谓的“行”，并不是与“知”对应的“行”，也不是局限于具体的实践行动。“行”包含的范围很广，心中萌发的意念也可以看作是“行”。他启发学子们在学问中践行事功，在事功中升华学问，为政与为学其实是一回事。“知之真切笃实处即是行，行之明觉精察处即是知”。“今人学问，只因知行分作两事，故有一念发动虽有不善，然却未曾行，便不去禁止”，“我今说个知行合一，正要人晓得一念发动处，便即是行了。发动处有不善，就将这不善的念克倒了，须要彻根彻底，不使一念不善潜伏在胸中，此是我立言宗旨”[①]。

体会这番论述，弟子们逐渐明白，善意做事与恶念生出，在

① 《传习录》下。

心中发动时已经是行了。

王阳明进一步向弟子们论述何为良知？心之本体无善无恶，心动至意念则生善恶。《传习录》上记述了一则弟子薛侃锄花间草时，与王阳明先生的问答语录，阐述了善恶与心之本体、意念的关系。

有一天，弟子薛侃去花间锄草，见阳明先生走来，因此停下锄头请教先生：“天地间何善难培、恶难去？”先生曰：“未培未去耳。”一会儿先生又说：“此等看善恶，皆从躯壳起念头，便会错。”薛侃未理解先生的话。先生接着说：“天地万物充满生机，就如同花草一般，何曾有善恶之分？你想观赏花，则以花为善，以花间草为恶；如欲用草坪铺地时，又以草为善了。此等善恶，皆由你心好恶所生，故知是错。”薛侃不解地追问：“那么这样不就无善无恶了吗？”先生正色道：“天下任何事物本来就没有善恶，你之所以分它有善恶，全是你的心气强加给它的。无善无恶的表现是心里平静，心气发动就表现出有善有恶了。不动于心气即无善无恶，这就是至善的初心，即良知。”阳明先生接下来又与学生阐述了圣人与佛老对待去草这件事上善恶不同的认知。进一步阐明人之本心无善无恶，物之本体亦无善无恶，只在你心循天理便是善，心气动私欲便是恶。就好比银子，本来是无善无恶的物体。你用它赈济穷人是善，你若用它去买官就是恶了。一个人的本心拥有良知，跟天理相通。人的天性中，“恻隐之心、善恶之心、是非之心，人皆有之”。内心中既有真，也有良善，与外部世界的“理”是相通的，这就是良知。从外部是找不到根本的，只有注重自己内心的启示，重视自身的道德修养和文化修炼，克制私欲，才能恢复人的本性，找到世界的根本。

滁州弟子孟源（伯生）在一旁插话追问道：“先生说‘草有妨碍，按理亦宜锄去’，缘何又是躯壳起念呢？”先生曰：“此须你心自去体会。你要去草，是甚么心？周茂叔（周敦颐濂溪先生）窗前草不除，是甚么心？”王阳明进一步启发学生，一个明代普通儒生与一个宋代大儒，对待同样是草的不同做法，源出于不同的心理。孟源琢磨半天，终于明白，周茂叔留观窗前草是出于天机生意的本心，自己锄去花间草是为了养花的私心。

王阳明在滁州论述“良知说”的同时，也对《大学》中“格物致知”的“致知”做了以下论述：知是心之本体，心自然会知：见父自然知孝，见兄自然知悌，见孺子入井自然知恻隐，此便是良知，不假外求。若良知之发，更无私意障碍，即所谓“充其恻隐之心，而仁不可胜用矣”。然在常人不能无私意障碍，所以须用致知格物之功。胜私复理，即心之良知更无障碍，得以充塞流行，便是致其知。知致则意诚[①]。王阳明在滁州阐述的“良知”基本思想，体现在后来的“王学”四句教法：无善无恶心之体，有善有恶意之动。知善知恶是良知，为善去恶是格物。

阳明阐述的心学理论，是相对程朱理学的一次个性大解放，心学肯定个体生命和价值，强调道德与内心欲求的一致，而知行合一更是提升个人、做事立业的方法论。徘徊于梧桐冈林中的弟子们经导师指点，如同醍醐灌顶，把当前社会思潮与千古圣贤之道联系到一起，领会心学如同阳光照进梧桐冈，豁然开朗。

---

① 《传习录》上卷。

站在梧桐冈上可以远眺滁城，近观太仆寺周边风光，俯瞰龙潭景致。王阳明还在梧桐冈上修建了一座来远亭。王阳明离开滁州以后，梧桐冈成为太仆寺臣僚和滁州官吏观光览胜的一处地方，并且纷纷留下吟咏梧桐冈的诗句。多年以后，嘉靖三十一年（1552）任南京太仆寺卿的山东章丘人张舜臣与同僚登上梧桐冈，忆及阳明先生，写下《梧桐冈》诗：

滁山高处碧梧生，郁郁层阴缈太清。
千古舜文今在御，朝阳应有凤来鸣。

张舜臣一生宦途风顺，登上梧桐冈，歌颂太平盛世，期望朝廷按照上古尧舜治国，阳光朗照，凤鸟来仪，人才辈出。嘉靖三十五年任滁州知州的浙江临海人应镳信奉阳明心学，他写的《梧桐冈》诗，则表达出一种淡泊的心情，暗示自己追寻致知，乐于孤芳自赏的心态，诗云：

红日山衔半掩光，梧桐影落葛衣凉。
君工若问朝阳梦，为道高标犹自芳。

三、龙潭起弦歌

王阳明任职的太仆寺位于滁州丰山东麓，古人称之为柏子山，山脚下古柏参天，形如虬龙，枝入云霄。嘉靖三十年（1551）后任南京太仆寺少卿的章焕曾将自己的太仆寺居所称为“三柏斋”，常在古柏树下焚香、读书、弹琴。山下就是著名的龙潭（也

柏子龙潭遗址局部

称柏子潭）。明太祖朱元璋当年驻兵滁阳时，曾向龙潭祈雨灵验，后敕封神龙，立御碑亭庙，世代祭祀。明清滁州十二景中，有一景名曰“柏子灵湫”，传颂的就是龙潭灵验能降甘霖。

洪武八年（1375），翰林苑大学士宋濂奉太祖之命，扈从太子赴中都，途经滁州，游琅琊山，谒柏子龙潭，在《琅琊游记》中记述丰山下龙潭：“山东南有柏子潭，潭在深谷底，延袤亩余，色正深黑，即欧阳公赛龙处，上有五龙君祠。皇上初龙飞，屯兵于滁，会旱暵，亲挟雕弓，注矢于潭者三，约三日雨，如期果大雨。”

太仆寺有一位从正德十一年任少卿到十六年升任卿的人物名叫潘希曾，在滁州任职时间较长，写了近百首诗词，他无数次到过龙潭，其中有一首次友人韵诗，赞美柏子龙潭胜状和太祖神功伟绩，题为《柏子潭次霜厓韵》[①]：

柏子成林俯碧潭，天光澄澈镜中涵。
千年胜地来游晚，万里尘容欲照惭。

① 潘希曾《竹涧集》。

雷雨震惊龙或跃，江山题品我犹堪。
高皇注矢甘霖应，长与滁人作美谈。

《王守仁年谱》记载，众多弟子随阳明围坐而歌的龙潭，正是此处。这是一处林木幽深、潭水清澈，山崖半抱的环境。清晨，龙潭薄雾升腾，仿佛给山色、林泉披上一层轻纱。夜晚，星月照临，潭周静谧无声，犹如神秘的仙境。龙潭东北侧高阜坐落着巍峨的御碑亭，亭内卧着巨大的赑屃，背上驮着丈高的石碑，上刻明太祖亲撰“柏子潭神龙效灵碑记”。王阳明上任伊始，即同那些来滁的宦儒们一样到此拜谒，缅怀太祖的丰功伟业。但同时王阳明也发现，龙潭周边是论学悟道的好地方。龙潭西侧山崖有一处幽深的洞穴，俗称双燕洞，酷似龙场的玩易窝，王阳明大喜过望：真乃滁州阳明洞也!

每到夕阳西下，门人便随王阳明一道前往龙潭，围坐四周，吟诵古圣贤之书，孔孟朱陆仿佛迎面而来，与学子们相互应答。二三百人咏动山川，犹如天籁之音，空谷传声。学生们提出一个又一个古今话题，请教王阳明。先生总是高屋建瓴，引导点拨出神入化。师生笑语歌咏直到月上中天，经久不息。

王阳明有一首《龙潭夜坐》诗写出了当时的心境[①]：

何处花香入夜清？石林茅屋隔溪声，
幽人月出每孤往，栖鸟山空时一鸣。

---

① 《王文成公全书》卷二十第873页。

草露不辞芒履湿，松风偏与葛衣轻。
临流欲写猗兰意，江北江南无限情。

夜晚每当月上树梢，学子们络绎群往，环坐在龙潭周围，歌诗诵经，吟诵之声此起彼伏，在山谷中回荡，吟诵兴起，得意忘形，手舞足蹈而踊跃歌舞，尽情地体会本性返璞归真的审美心理。

王阳明讲学

今天已经很少有人懂得古代学习中的吟诵方法，也许有读者不明白王阳明和弟子们学习为什么会“歌声震山谷”以至于“踊跃歌舞”？我们不得不费一点笔墨来介绍。传统的吟诵有四种方式，即“念、诵、吟、唱”。“念”，就如现在的读书，无需节奏。“诵”，就是用长短抑扬的腔调，有节奏地读。“吟”，如同唱歌，有音阶，目的在唱。“唱”，就是有旋律地歌唱，有曲谱与固定的腔调，目的在曲。民间的唱山歌，寺庙的和尚念经，小贩悠长的叫卖声，店铺里的唱账及日常问候，都是从古代吟诵演绎而来。还有“依字行腔、依义行调”的戏曲和曲艺等表演艺术，更都是从古代的吟诵发展而来。

有研究者认为，阳明先生教诸生吟诵，使用“九声四气歌法”。“九声”，是九种发声方法，分别是平、舒、折、悠、发、扬、串、叹、振。运用口齿舌喉开合的不同发声，接引入腹腔丹田，以和顺为主，以慷慨为妙，尽情抒发涵咏，可以开解心中的郁结，荡除心中的邪秽浊气。“四气”，指春、夏、秋、冬四种用气方法。按照春生夏长秋收冬藏的规律吐纳，一首诗中每四句和每一句分别发出分春、夏、秋、冬的气韵，春之气要融和缓发，夏之气要洪阔而宣泄，秋之气要收敛提神，冬之气要藏意念于肺腑。一吐一纳，缕缕不绝的声气从丹田徐徐而出入，收藏宇宙，廓清心胸。九声四气和谐贯通，开口闭口之间，四季气象、天地之理俱备于心；抑扬顿挫，幽微发见了然于胸，活泼融洽，自得其乐，融入天籁妙不可言。

“九声四气歌法”是心学修学的秘诀，看起来复杂，熟悉了自然心领神会。让歌诗的人陶冶性情，让听歌的人心旷神怡，既是歌者又是听者，心神合一。王阳明和弟子所到龙潭让泉之境，歌声起处，山鸟和鸣，岚气升腾，祥瑞充盈，于是人与自然融为一体，心之所想，性之所至，率真而行，无拘无束，情不自禁踊跃歌舞。

龙潭弦歌声中，王阳明阐发的圣学思想，犹如春风被物，渐渐融入弟子们心中。

——“立志”“立诚”，培根浚源，才能求得真谛。

王阳明就“立志”有过许多论述。他认为，立志即为培根之学，所谓“为学之头脑”。“只念念要存天理，即是立志”。在滁州和南都期间，弟子陆澄曾就此求教于王阳明，王阳明回答道：“立志用功，如种树然。方其根芽，犹未有干；及其有干，尚未有枝；枝而后叶，叶而后花实。初种根时，只管栽培灌溉，勿作枝想，勿作叶想，勿作花想，勿作实想。悬想何益？但不忘栽培之功，怕没有枝叶花实？”

王阳明在滁州前后积极倡导“立诚”。正德八年（1513 年），他在《与黄宗贤（五）》（《王文成公全书》卷四）中作过如下论述：

仆近时与朋友论学，惟说“立诚”二字。杀人须就咽喉上着刀，吾人为学，当从心髓入微处用力，自然笃实光辉。虽私欲之萌，真是红炉点雪，天下之大本立矣。

他认为，要去私欲、存天理，要实现省察克治，必须立诚。唯有立诚才是根本工夫。“大抵《中庸》工夫只是诚身，诚身之极便是至诚；《大学》工夫只是诚意，诚意之极便是至善。”

王阳明先生在滁州讲学，回答蔡希渊关于诚意与格物问题时说：“诚意主导格物致知”“《大学》工夫即是明明德，明明德只是个诚意，诚意的工夫只是格物致知。若以诚意为主，去用格物致知的工夫，即工夫始有下落，即为善去恶无非是诚意的事。”①

正德九年（1514 年），学者王天宇曾向王阳明求教。他自蔡希渊处听闻王阳明的“诚意”说，对其观点怀有疑问，于是用书信方式问学于王阳明。王天宇（1456—1538），名承裕，字天宇，号

① 《传习录》上。

平川，陕西三原人，弘治六年（1493）进士，官至南京户部尚书。王阳明给他写了回信，题为《答王天宇》[1]。王阳明在信中说，诚意为《大学》的根本工夫，《礼记·大学》第七章："所谓诚其意者，毋自欺也。"由此出发，他还对朱子解释的《大学》说进行了批判。

王阳明将《大学》中的诚意与格物致知，《中庸》的'博学、审问、慎思、明辨与笃行'，《论语》中的"博文"与"约礼"，《中庸》的"尊德性"与"问道学"皆视为一个整体而不是若干孤立的过程。同时，王阳明还认为以上各种思想的主旨就是诚意。立诚，就是用足学问思辨的功夫走向"诚意"，有诚意才能达于至善，而至善是存在心上。心中有天地，不为外物欺。

有一名叫郑朝朔的弟子，广东揭阳人，先生任吏部主事时，朝朔为御史。对"至善来自于诚心"不理解。有一天，他用孝养双亲的事例对问先生，说："至善"这个事情不仅仅是内心的诚意，奉养父母"温清定省"，还要向这些具体事物上求，仅仅存心是不是片面了？先生曰："若只是温清之节，奉养之宜，可一日二日讲之而尽，用得甚学问思辨？"意思是如果只是学点奉养双亲的操作知识，一两天就学会了，哪里还用得着做学问来立诚意呢？孝敬老人的事情，关键点不在于这些能看得到的行为，而在于"心"的真实状态。如果你的心没有到位，动机不纯粹，比如为了遗产或者是迫于无奈而尽孝，那么是不可能做到尽善尽美的。所有行为就跟戏子演戏没什么区别了，那还能算得上"诚意"吗？就算做得再周到体贴也和"至善"没关系。

---

① 《王文成公全书》卷四，第 198~199 页。

——去欲存理，正心格物，磨炼省察克治之功。

何谓天理？天理即良知。有弟子追问先生，怎样做是存天理？王阳明告诉大家，心即理，所有万事万物的“道理”都在你的内心深处，如，孝道、是非、善恶，每个人的本心都有这些理，就像你知道杀人放火是恶，拾金不昧是善一样，不需要从外界寻求证明。什么是去人欲？去人欲就是要摒弃自己心中那些有悖常理的欲望，跟随内心中的天理走。比如，你在路上捡到20两银子，是装进自己口袋，还是寻找失主，你内心本来就知道什么是对，什么是错，如何处置，就体现了天理与私欲的分别。“去欲存理”就是“致良知”的过程，人在每一次面临选择时，问问内心，怎么做是保持本分，而不是唯利是图，怎么做是跟随本心，而不是为了满足非分之欲？

如何去欲存理？就要为善去恶，在“格物”上用工夫。天理从何而来？是从万物格出，还是从内心悟出？格物，出自《礼记·大学》：“致知在格物，物格而后知至。”意思是探究事物的规律，确立正确的认知。“格物致知”，是中国古代儒家认识论方法论思想的一个重要概念。朱熹一直权威地解释“格物”，是要向万事万物去推究天理。王阳明则认为，朱熹未领会古圣贤的格物真意，错将“格物”理解为推究万事万物之理。其实天理就在心中，格物就是正心，格物的过程就是去心中私欲而存天理，这也是究理的过程。“心即理”，天理即明德，究理即明明德。

所以，王阳明在滁州教导诸生，格物致知要从静坐修省“克己”，“初学必须思省察克治，即是思诚，只思一个天理”。把不正当的欲望、意念在萌芽状态克制住。要求人防微杜渐，戒慎自守，对不正当的欲念加以节制，自觉地遵从道德准则为人行事。首先，“省察”工夫，就是反身而诚的内省，静坐思虑，将好色、好货、好名等私欲逐一搜寻出来，找到病根。其次，搜寻到了病因所在，便要拔除病根，这就是“克治”即“克己”工夫。“去得人欲，便识得天理”[①]。第三要在“事上磨炼”。孟子曾说：“天将降大任于斯人也，必先苦其心志，劳其筋骨，饿其体肤，空乏其身”（《孟子·告子下》）。王守仁继承孟子，认为光有“省察克治”工夫还不够，还需要通过具体的、日常生活中的事，来加强自己道德修养的锻炼。他说：“人须在事上磨，方立得住，方能静亦定，动亦定”[②]。

四、静坐悟自得

静坐，是阳明大师从释道之途借鉴而来的修身法门。王阳明自龙场返回辰州讲学之时，倡导“静坐悟入”。在滁州时，他依然将其作为主要的教学方式。教导弟子先静坐，复读书，思而入矣！

王阳明告诉学生，必须静坐体悟“心即理也，此心无私欲之蔽，即是天理，不须外面添一分”。他这样说，就是强调社会伦理规范的基础在于人心向善。主张通过“内心反省”克服私欲，以致良知。

反省内心是否存在私欲，为什么要静坐呢？因为静坐才能自悟性体。

① 《传习录上·王文成公全书》卷一。

② 《传习录上·王文成公全书》卷一。

静坐悟入，是王阳明从龙场回归后传授弟子们的修心方法。在龙场那三年艰难困苦，王阳明正是在荒野石洞“玩易窝”中多少个昼夜静坐默思，灵魂与天地相合，思维与古圣贤衔接，内心扫尽悲怨愤惧的阴霾，让天理的光辉照射心性，他终于悟出，面对外部境遇之险恶，时时处处按照朱子向外格物求理是行不通的，只有向内体悟天理，获得强大的良知正能量，才能豁然开朗充满信心，坚韧不拔地克难奋进。

正德五年（1510）春，阳明自龙场归任庐陵途中，船行湖南沅江，夜泊江思湖，一轮清月照映滔滔江水，芦荻随风摇曳，鸥鹭三五闲飞；晨日初升，照彻两岸，一派生机盎然，他披衣静立船头，继续昨夜的诗兴。思念老友湛甘泉，进而想起甘泉的老师陈献章（白沙先生）“静观默照，体认天理”之教，联想这几年自己的遭遇体验，阳明更加深信不疑，向内静心体悟天理，世间一切事物的矛盾皆可迎刃而解，朱夫子那种向外格物求理的思想方法是误了天下诸生。想到此，阳明面对江上云卷云舒，欣然吟出一首表达静观体悟万物

阳明先生静悟图

之理的哲诗《睡起写怀》[1]：

江日熙熙春睡醒，江云飞尽楚山青。
闲观物态皆生意，静悟天机人窅冥。
道在险夷随地乐，心忘鱼鸟自流形。
未须更觅羲唐事，一曲沧浪击壤情。

在这首诗中，诗人的内心世界与天地和远古融为一体，世间事物仪态万方生机无限，事事格物怎么能够达到无穷无尽？静思体悟一切活泼泼的天机都在人的内心世界。静坐悟出天道，所有的艰险困厄都能化解，达到忘我随性的境界。王阳明语惊世人，无需向外去寻觅羲皇唐尧圣贤之治的种种道理，回复古圣贤之治的唯一途径，就是复活人的本心，以良知良能支配人生，快乐地生活。诗人描绘出远古先民“沧浪之水、击壤而歌”的生动画面，道出静悟天理的理想愿景。我们仿佛看见沧浪水滨有孺子歌曰：“沧浪之水兮……”；仿佛听到了一个苍老而健硕的农人，在田畴中和着劳动的节奏，自然而然地吟咏：“日出而作，日入而息。凿井而饮，耕田而食。帝力于我何有哉？”发自于内心的情感，流露出原始的自由安定和自主生活的简单快乐。歌者无拘无束的生活状态、怡然自得的神情，又何需外力的干涉和帝王的管理指画。在这里，王阳明已经将他的静坐悟道、内心寻理，升华到一个社会理想的目标。所以，他出龙场经湖南，三年后到滁州，一如既往

① 《王文成公全书》卷十九第三册第860页。

地教导弟子静坐悟道。

王阳明路经湖南辰州时，居龙兴寺，门人冀元亨、蒋信、刘观时等都来拜见，阳明十分欣喜，论说孔孟之后，便将静坐的方法教给他们，使自悟性体。后来又寄书说明为什么要静坐："前在寺中所云静坐事，非欲坐禅入定。盖因吾辈平日为事物纷拏，未知为己，欲以此补小学收放心一段工夫耳。"就是说，通过静坐，把放任的心收拢起来，守持天理良知，心身上才有进步。

在滁州，许多弟子开始并不明白先生为什么叫他们默默无语地静坐，有人甚至觉得，这静坐如同老僧坐禅，无趣无味。先生也不多说。一日有弟子到他的官厅，发现书案上有一方宋代古色古香澄泥砚，上刻铭文："温润而有守，此吾之石友，日就月将于不朽。正德辛未春，阳明山人铭。"弟子问先生"何谓有守"？先生微笑而答"守心，守仁也"！守心就是存心养性，就是孟子说的"收心"，静坐收心才能见性守仁，生发出仁、义、礼、智，如日月之光明，如美玉之温润，人就修炼成了温良恭俭让的谦谦君子。修身是治国平天下的根本，修身的目标是止于至善。《大学》明谕：知止而后有定，定而后能静，静而后能安，安而后能虑，虑而后能得。

王阳明铺开尺幅，将笔在澄泥砚中饱蘸浓墨，一手捻须，缓缓说道："就如同这书法，举笔不轻落纸，而要凝神静思，拟形于心，心中有了章法，方能一挥而就。"言罢，沉默少倾，提起笔来如走龙蛇，书了端庄的"静悟"两个字，送与弟子。

渐渐地，弟子们明白了先生让他们静坐体悟天理的用心。但是这静坐收心的过程并非那么简单。滁州弟子孟源曾就"静坐"

问题求教先生。孟源问道:“静坐中思虑纷杂,不能强禁绝怎么办?”

王阳明答曰:“纷杂思虑,亦强禁绝不得。只就思虑萌动处省察克治,到天理精明后,有个物各付物的意思,自然精专无纷杂之念。”王阳明认为,很多初学者会有心猿意马、心不在焉的情况,静坐有利于他们凝神静气、专心向学。然而,一味静坐会让人变得漠然守静、心如枯槁,逐步陷入佛老的虚无之境。因此,王阳明强调静坐体悟要与省察克治、事上磨炼结合起来,在实践中修行道德。

真正的内心强大必须在做事上磨炼,才能站得住脚;才能做到于静中能安定,在动中也能安定。无论是动还是静,都是我们磨炼自己、追寻本心的过程。

一日,阳明与弟子们行至让泉水边,依石而坐,讨论为学工夫。先生曰:“教人为学不可执一偏。初学时心猿意马,拴缚不定,其所思虑多是人欲一边,故且教之静坐,息思虑。久之,俟其心意

醉翁亭前让泉

稍定。只悬空静守，如槁木死灰，亦无用。须教他省察克治。省察克治之功，则无时而可间。如去盗贼，须有个扫除廓清之意。无事时，将好色好货好名等私，逐一追究搜寻出来。定要拔去病根，永不复起，方始为快。常如猫之捕鼠，一眼看着，一耳听着，才有一念萌动，即与克去，斩钉截铁，不可姑容与他方便，不可窝藏，不可放他出路，方是真实用功，方能扫除廓清。到得无私可克，自有端拱时在。虽曰'何思何虑'，非初学时事。初学必须思省察克治，即是思诚，只思一个天理，到得天理纯全，便是何思何虑矣"。

正德九年（1514年），王阳明到南京后，曾写信给滁州诸生，强调省察克治的必要性[①]。王阳明告诫弟子，《大学》所谓知止而后有定，要经常进行自我反省，在日常生活中学习如何"存天理、去私欲"。

时隔四十年以后，阳明弟子会于滁州。钱德洪回顾曰："滁阳为师讲学首地，四方弟子，从游日众。嘉靖癸丑（1553）秋，太仆少卿吕子怀复聚徒于师祠。洪往游焉，见同门高年有能道师遗事者。当时师惩末俗卑污，引接学者多就高明一路，以救时弊。既后渐有流入空虚，为脱落新奇之论。在金陵时，已心切忧焉。故居赣则教学者存天理，去人欲，致省察克治实功。而征宁藩之后，专发致良知宗旨，则益明切简易矣。兹见滁中子弟尚多能道静坐中光景。洪与吕子相论致良知之学无间于动静，则相庆以为新得。是书孟源伯生得之金陵。时闻滁士有身背斯学者，故书中多愤激之辞。后附问答语，岂亦因静坐顽空而不修省察克治之功者发耶？"

① 《与滁阳诸生书问答语》，《王文成公全书》卷二十六第1130页。

无论静坐体悟之功，或修省察克治之功，其途经并无人将思想输入，全在于自省自知自得。王阳明传习弟子，并不是教你如何去做，而是启发你自悟自得，静坐悟道就在于亲身体悟“贵自得”，如同“哑子吃苦瓜”。这也就是阳明学说方法论强调自主性和实践性的特点。

所谓自得，是中国古代思想家如孟子、程颢和朱熹等人所提出的治学方法论。《礼记·中庸》：“君子无入而不自得焉。”《孟子·离娄下》：“君子深造之以道，欲其自得之也。自得之则居之安，居之安则资之深，资之深则取之左右逢其原，故君子欲其自得之也。”到明代，大儒陈白沙才明确把自得视为学问及涵养宗旨，提出了“为学须从静坐中养出端倪”的心学方法。他的弟子湛若水更指出心学即自得之学，认为自得之学是儒家正学。王阳明曾说：“晚得于甘泉湛子，而后吾之志益坚，毅然若不可遏。则予之资于甘泉多矣。甘泉之学，务求自得者也。”

自得，是提倡自主独立地认识事物，不为权威教条所束缚，树

王阳明与弟子们讲学的语录《传习录》

立独立自由的思维方式，勇于解放思想，不断地探求真理。王阳明把这种方法论引入心学，力倡以心为主体去领会体验，来获得认知，在求学问、建事功和道德涵养中，都要保持主动独立精神，有所发现、有所创新，“致良知”就是自得的过程。

王阳明的滁州山水诗，许多诗句看起来是写景抒怀，其实字里行间寄寓着心学哲理，如《山中示诸生》五首其二：“桃源在何许，西峰最深处。不用问渔人，沿溪踏花去。”借用“桃花源”的典故，“沿溪踏花去”启发弟子悟良知贵在自得，去寻访那“最深处”的真理。

弟子刘观时，字易仲，湖南辰州人。正德九年，专程来滁州问学。刘观时以为自己的名字为“观时”，“观必有所见”，书斋之名“见斋”，王阳明作《见斋说》，告诫刘观时，求道不能单凭感官目睹，关键还是要用心去领会和体验[①]。刘观时返回辰州之时，王阳明以诗相赠，题为《别易仲》（《王文成公全书》卷二十），诗序曰，“辰州刘易仲从予滁阳，一日问：道可言乎？予曰：哑子吃苦瓜，与你说不得。尔要知我苦，还须你自吃。易仲省然有悟。久之辞归，别以诗。”王阳明借“哑子吃苦瓜”的禅语，强调自身悟道的必要性。刘观时还曾就《中庸》中的“喜怒哀乐之未发，谓之中”一句向王阳明求教，王阳明同样以“哑子吃苦瓜”为例作答（《传习录》上卷），当时，徐爱深谙老师用意，随即补充道：“只有亲身悟道才能学到真正的知识，才有利于自身修养的提高。”闻此，在场弟子们皆如醍醐灌顶。

① 邓艾民《传习录注疏》，第 84 页。

第四章 ‖ 门人汇滁阳

正德八年的十月下旬，正是江北秋冬交合的小阳春时节，滁菊花迎风怒放，琅琊山层林尽染，红叶随风飘落，太仆寺署檐下的燕子呢喃着告别主人，双双向南飞去。王阳明到滁州的讯息，也随着南来北往的邮驿信使传到四面八方。很快，就有门生赶来滁州。最先到的是南都的学宦，接着，湖南、江西的学生络绎而至。闽浙、岭南的诸生也跋涉造访。两个月后，除夕将临，寺署的客馆里已经聚集了三十余名弟子，陪伴先生一起在山城同欢。新春正月，雪后初霁，更多的年轻人从大江南北来到滁州；二月里，王阳明身边来来往往已经有二百多名弟子，还有一些前来论学的学友宦僚。在这些人中，大体有几种构成：先前追慕王阳明的学友，在南京从职或在南雍从学的仕宦，进京赶考途经滁州或是从南北各地慕名而来的秀才举人，太仆寺僚丞和往来公干的宦游官员，滁州本地学子和地方府院吏员。这些人大多为当时的社会英才，他们想从王阳明学说中追寻新思潮、新思维，借以完善自我，或经国济世，或独善其身。他们跟随王阳明问学、论学的方式，形同于孔子之教弟子，除了语录体式的问答，阳明先生还有许多书信、作序、赠诗等，为门生学友释疑解惑，申述论点。王门弟子和后世学界公认，王门游学发端于滁州。游学滁州的学宦们从这里走向大江南北，多成为王学的中坚、经世栋梁，成为各地名宦乡贤而载入史籍。

一、聚贤来远亭

龙潭西北侧蜿蜒而上是一片高岗，古木参天，遍生梧桐。“栽下梧桐树，必有凤凰来。”况且冈下有龙潭，有龙有凤是为吉兆。王阳明对这片宝地喜爱有加，名之曰“梧桐冈”。先生来滁不久，在冈上观测了地形之后，即在高岗上构筑了一座亭阁，名之“来远亭”。从龙潭至亭有一小段山路，登临亭上可览阡陌风光，远眺滁州城景。

来远亭

明嘉靖《南京太仆寺志》载：“来远亭，在柏子潭上。正德七年秋七月（按：应为正德八年秋十月），本寺少卿王守仁建。”嘉靖十八年至十九年间，南京太仆寺少卿戴金作《来远亭》诗云：

登亭甫入景，飘爽绝纷尘。四维烟幔撤，眼际悬朝焞。
迂回亘谿壑，排列互嶙峋。栖鸟松翠杪，浴鹭紫苹滨。
顾瞻随上下，色色如指陈。试问亭伊始，作者谓阳明。

戴金，（1484—1548）字纯夫，湖北汉阳县戴家老湾人。王阳明在滁州的那一年，正德八年（1514）考中进士。嘉靖十八年任南京太仆少卿，对王阳明在滁州的行止学说多有考究。戴金立身清苦，为官清正，独立敢言，平生好古文辞，熟谙掌故，兼通星象堪舆，在滁著有《官滁集》。

戴诗中描写了登上来远亭观览到的景物，“试问亭伊始，作者谓阳明”，证实来远亭是王守仁建造并命名。

从正德后期到嘉靖年间，凡是前来滁州的宦儒，都要拜谒龙潭，登上来远亭，遥想当年守仁王先生在这一块神奇之地传习布道的情境。

嘉靖三十一年（1552），南京太仆寺卿张舜臣《来远亭》诗云：“千盘高阜傍龙潭，古柏森森夏亦寒。闲坐斗亭聊引望，烟村云树掌中看。”（嘉靖本《南滁会景编》卷二“柏子潭诗集附梧桐冈、来远亭诗”）张舜臣作此诗，证实来远亭位于龙潭高阜梧桐冈上。监察御史徐九皋与王阳明是同乡，嘉靖十四年（1535）到滁州，拜谒龙潭后，顺着梧桐冈山路，来到来远亭，作了一首《自柏子潭至来远亭》诗：

山僧候玄谷，飞盖陟层峦。帝柏风烟古，灵湫日月寒。
琼峰标槛外，绮雾宿檐端。来远亭前树，千年无浪刊。

这位御史大人从龙潭徒步至来远亭，不仅观览景色，而且一路幽思怀古，“帝柏风烟古，灵湫日月寒”，此时朝廷中以桂萼为代表的权臣，对阳明心学还是一片讨伐之声。沧桑的历史能够检验一切是非曲直，诗中已经寓意了对阳明心学的感慨和寄托，“来远亭前树，千年无浪刊”，阳明思想无疑会经久流传。徐九皋（1522—1566），浙江余姚人，嘉靖八年进士，十四年任巡盐御史[①]。

这些诗文说明，王阳明修筑的来远亭就在柏子龙潭西北侧梧桐冈上，距太仆寺也不过数百步。如今的来远亭遗址是万历时期后人迁建于此的。历经嘉靖几十年风雨，也许还有其他原因，来远亭逐渐倾废。万历初年，南京太仆寺卿石星将位于丰乐亭北坡的倚丰亭改为来远亭。萧崇业《游丰乐亭记》载：“由亭左石径北上，高十寻，为来远亭，内刻《倚丰亭记》，中丞石东泉移今名，亦有记。”故万历《滁阳志·古迹》载：“来远亭，在丰乐亭北山麓。”石星文今已不存，迁移情由无考。迁址后的来远亭远离柏子潭，只可仰望丰山。

万历三十五年（1607），南京太仆寺少卿周汝登再次登上来远亭，作《来远亭说》，想象近百年前王守仁滁州讲学盛况，申述“来远”旨意，又将“来远”与“丰乐”相附会：“由学得朋，由朋得乐，由朋乐始言丰乐，要之必本于学”。

---

① 《南京太仆寺志》卷九“规制”；嘉靖本《南滁会景编》卷二“柏子潭诗集附梧桐冈来远亭诗”。

来远亭说

周汝登

周汝登像

来远亭建自阳明先生，经今百有四年，周子始一登览焉。读石间记文，与夫吟咏诗篇，其于周遭之胜概，旷达之奇观，犁然备矣。然窃疑未尽先生所以命名之义。先生盖取朋自远来，远者来则近者可知，此其旨也。遐想当时，英才云集，尽乎南北东西，环滁诸胜，随处从游，歌咏答问，济济洋洋。先生顾而乐之，因建斯亭命斯名，以自志耳。虽然亭不见于他胜，而介于丰乐之间，不更有深意乎？夫丰山古未有称，欧阳子来游，为亭曰“丰乐”，而山因以名。欧阳子自记其乐取诸泉谷之美、风露之清，与夫岁时民物之丰亨逸豫。而后之来游者，亦遂于山水四时民物情景间求之，而不知此皆在外者耳。曾南丰氏为醒心之记，杨鸥溪氏为保丰之说，皆将以申欧阳子之旨而未备也。先生曰：“心何以醒？丰何以保？其求诸朋来之乐乎？”朋来之乐，不是袭取从时习之说而来，无有变迁，不以人不知而愠。孔子与徒相乐于陈蔡，孟子乐育而王天下不与存，皆同此窍。诚性分内之真乐也，得此真乐，然后为乐山乐水之乐，可为与民同乐之乐。可不然，时移景迁而悲喜异致，吾未见其能乐也。夫由学得朋，由朋得乐，由朋乐始言丰乐，要之必本于学，先生所以建亭此山，而命之名，其意不更在是也耶？

以质之范君，君以为然，遂书于壁以告来游者。[1]

周汝登（1547—1629）是明代后期一位重要的学者官员，字继元，号海门。浙江嵊县人。万历五年进士，师事罗汝芳（近溪先生），致力于传播心学讲学活动，为万历时期阳明学说第二代重要传人。他开设讲会，见解高远，论说精彩。曾往来于全椒讲学，题写全椒“望阳书院”。在南京创建阳明祠。万历二十年曾主盟南京，而与许孚远发生著名的“九谛九解”的辩论，影响远播。著述有《东越证学录》《王门宗传》《圣学宗传》等。官至户部右侍郎、工部尚书。他这篇文章追述了来远亭命名的含义。首先是出自《论语》“有朋自远方来，不亦乐乎”。王阳明先生在滁州讲学，旧学新知数百人。“英才云集，尽乎南北东西，环滁诸胜，随处从游，歌咏答问，济济洋洋，先生顾而乐之”周汝登又把乐朋之乐与欧阳修建丰乐亭“与民同乐”联系起来，先生曰：“心何以醒？丰何以保？其求诸朋来之乐乎？”这就涉及了王阳明构筑来远亭，应当有更深一层的含义，寄寓王门之学源远流长。

阳明学说肇于孔孟，源远流长，他要对朱子以来被近世曲解的儒学正本清源，复兴远古真正的天理良知。正德九年，王阳明在《与王纯甫》书中批评“后世之学，琐屑支离，正所谓采摘汲引，其间亦宁无小补？然终非积本求原之学。句句是，字字合，然而终不可入尧舜之道也。”（《王文成公全书》卷之四文录一191页）他认为朱熹修订的《大学》“新本”有误，而《礼记》中原有的《大

① 《南滁会景编》第三册卷二“丰乐亭文集”，黄山书社2016年版，第157页。

学》“古本”或称“旧本”才是正统。弟子郑伯兴（湖南省鹿门山人）从滁州返乡之时，王阳明作诗《郑伯兴谢病还鹿门雪夜过别赋赠三首》相赠第一首诗中之句：“圣路塞已久，千载无复寻。岂无群儒迹，蹊径榛茆深。浚流须寻源，积土成高岑。揽衣望远道，请君从此征。”可以理解为对阳明心学“来远”的暗喻诠释。（《王文成公全书》卷二十滁州诗）至此，我们可以推测阳明先生在滁州建来远亭的深意：一是学友自远方来，二是心学的源远流长。

周汝登的文章刻在了石壁上。阳明身后九十年，天启元年，山西布政司右参议提督学政文翔凤由南京赴任上，途经滁州，游琅琊山、醉翁亭，先写下了“泉香鸟语依旧在，太守何人似醉翁”的诗句，接着又以哲思的语句写下了《来远亭举似阳明翁》[①]之六言诗：

有亭远色便来，无客空山谁去？
去来只系此心，远近分向何处。

文翔凤，字天瑞，号太青，陕西三水人。生卒年不详。万历三十八年（1610）进士。历官莱阳令，终太仆寺少卿。天启元年，文翔凤由南京前往山西布政司右参议提督学政任上，途经滁州，游琅琊山、醉翁亭，留下诗作。“去来只系此心”，把来远亭与心学的联系一语道出，更说出了天下王门学宦来往于滁的心迹。

来远亭下聚集了远近来去、追求孔孟真谛的群贤。我们再来

---

① 《南滁会景编》第三册卷二“丰乐亭文集”，黄山书社2016年版，第568页。

梳理一下当年聚集在来远亭下的王门学子有哪些。

据《王守仁年谱》记载，自滁州讲学开始，王阳明身边的弟子逐渐增多，声望也越来越大。“阳明先生官滁阳，学者自远而至”（《邹守益集》卷七“阳明书院记”）王阳明在滁州的学生最多时在正德九年春，江南江北学人纷纷相约而至，人数达二百以上，在这些门徒中，大多是被阳明学说新颖思想所吸引，尚未参加乡试的年轻生员，其中大部分人没能在史料中留下名字。钱德洪后来评价“滁阳为师讲学首地，四方弟子，从游日众”[①]。当时来滁州的知名门人如：蔡希渊（颜）、冀元亨、朱节（守中）、刘观时、王嘉秀、萧琦、郑伯兴、德观[②]、郭庆[③]、吴良吉[④]、商佑[⑤]、穆孔晖[⑥]、寇天叙（应天府丞）、陈佑卿、顾惟贤、梁仲用、王舜卿、苏天秀、陈一鸿[⑦]，次韵复之。阳明官太仆时，一鸿辈从之讲学官舍，诗来二句：“寄语同袍二三子，知行并进始能安。”正德八年（1513）十一月，汪汝成将升湖广按察司佥事，归省鄞县，途经滁州来问学。崔伯乐（无考）、姚维芹[⑧]。等。徐爱于正德九年春三月来滁。疑

① 《与滁阳诸生书并问答语》，《王文成公全书》卷二十六第1130页。

② 德观，姓字无考，王阳明全集四有“送德观归二首”。

③ 《王阳明全集》卷七《赠郭善甫归省序》。

④ 郭庆弟子，孟津宰黄冈，曾延吴到书院讲学。郭庆、吴良吉二人在滁、南都、越地多次受学于阳明。

⑤ 望江人，贡士，受学归浮山，阳明有《题浮山诗》送别。

⑥ 其时任南京国子司业。

⑦ 夏东岩先生诗集卷六：“滁学陈一鸿以诗见饷”。

⑧ 字惟诚，号东斋，工书画，约在正德九年春来滁问学《王阳明文集》卷二十“书东斋风雨卷后”。

薛侃赴南宫试前也到过滁州，其与阳明先生关于“去花间草”的问答似在滁，当时有滁生孟源在场续问。此外，束景南先生在《王阳明年谱长编》中，也疑马明衡、应典、林达、萧鸣凤、黄宗明等，皆在赴南宫试前来滁见阳明[①]。有部分门生因在滁时间短暂，后又去南京从学，故往往忽略了滁州这个小地方而只提在南都从学。由此推知，《传习录》上卷有诸多先生语录系在滁州所问答。且有在滁诗误为在南京所作，仅以下例证之：

正德九年早春，阳明从内兄储用文以部运过南京，来滁相见，阳明为其书卷题字，并嘱徐爱作序。阳明作诗送别《储用文归用子美韵为别》：

一别烟云岁月深，天涯相见二毛侵。
孤帆江上亲朋意，樽酒灯前故国心。
冷雪晴林还作雨，鸟声幽谷自成吟。
饮馀莫上峰头望，烟树迷茫思不禁。

（《王阳明全集》卷二十）

诗中“冷雪晴林”指出了时间为正德九年正月雪后初晴；“幽谷”点睛了滁州丰山下的地点。可见此诗作于滁州而非南京。

王阳明在正德九年早春撰文刻石《琅琊题名》中提到两位高足徐爱、朱节，这里略作简介：

徐爱（1487—1518），字曰仁，号横山，浙江省余姚马堰人，王

① 参见束景南《王阳明年谱长编》第730页。

徐爱像

阳明妹夫，为王门最早的入室弟子之一。正德三年（1508）进士及第。曾任祁州知州、南京兵部员外郎、南京工部郎中等职务。十一年归而省亲，十二年五月十七日卒，英年早逝，年仅三十一岁。徐爱曾与阳明同官南中，朝夕不离，对阳明先生领会最多，起首编撰了《传习录》。王阳明赞叹徐爱曰：“曰仁，吾之颜渊也。”正德九年春，徐爱来到滁州。

另一位高足朱节（1475—1523），字守中，号白浦，浙江山阴（今绍兴）人。正德九年考中进士。历官湖广黄州府推官、山东巡按道监察御史。史书评价他：从阳明之学，以天下为己任，博爱众生。朱节尝言：“平生于‘爱众、亲仁’二语得力，然亲仁必从爱众得来。”时有流贼之乱，侵扰十几个州县。朱节驱驰戎马，因过劳而卒，赠光禄寺少卿。王阳明在滁州讲学时，朱节习于门下。正德九年正月初五，朱节随阳明先生一行 28 人雪后登山。为阳明记于《琅琊山题名》中。

王阳明在滁州，还与一些学人书信往来论学，如：应天府学教授王道（字纯甫）书来论学，论辩朱陆二学，王阳明有答书。[①]

---

① 参见束景南《王阳明年谱长编》第 745 页。

嘉定县令王应鹏（字天宇）书来论学，阳明有答书“四答王天宇书”。正德八年十月，王阳明来滁途中于南京见工部员外郎戴德儒（字子良），不久戴德儒将到芜湖做官，十一月来滁州相见。别后，王阳明有《与戴子良书》，谈“立志”，并言及来滁门人。[1]

这里还要说一个故事，桐城有一名叫商佑的贡生，家乡长江边有一座著名的浮山，早先曾四面环水，一峰突出，洞岩奇巧，风光旖旎。王阳明当年在九华山游历时，不止一次地听僧人与门徒说起浮山之胜，特别是听说浮山有三十六洞、七十二岩，历史上文人多有涉足且留诗文题刻。据说，宋代庆历五年（1045）欧阳修曾从琅琊山下，专程到浮山，与驻锡于此的临济宗高僧远禄和尚“因棋说法”，论道谈文。王阳明素有洞天情结，欣欣然心向往之，可惜几次路经而未至。王阳明在琅琊山下讲学，弟子商佑在滁州受学将归，阳明写了两首“题浮山诗”送别，浮渡之山光水色，氤氲于哲人的胸怀：

其一

见说浮山麓，深林绕石溪。

何时拂衣去，三十六岩栖。

（桐城生高上舍来访，谈浮山之胜，书此，阳明山人）

其二

见说浮山胜，心与浮山期。

① 参见束景南《王阳明年谱长编》第720页。

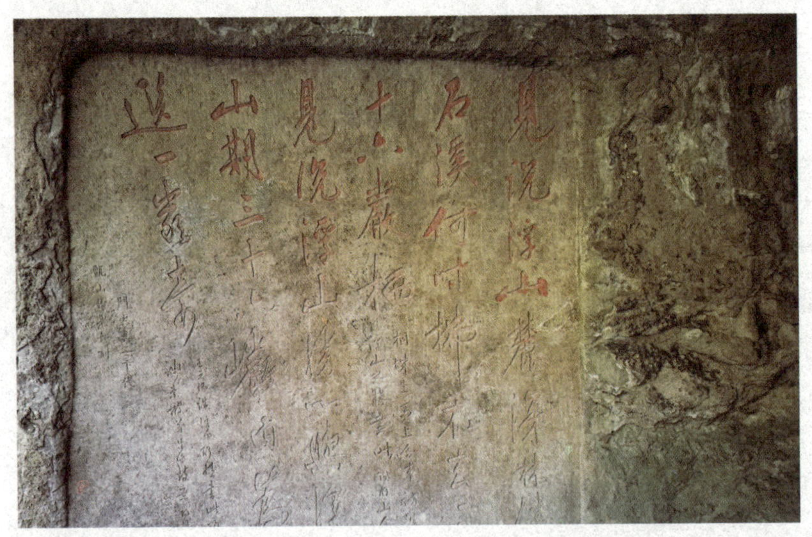

浮山朝阳洞内壁刻石王阳明题浮山诗

三十六岩内，为选一岩奇。

（王元卿谈浮山，欣然书此。归见钱素坡，并书此致意。阳明居士）

浮山不远的枞阳县有一位教谕张甄山，一向敬重王阳明，并传道讲学，无意间从门人手中得到王阳明浮山题诗，如获至宝，嘱咐门生吴一下，选中浮山一个险要的岩洞朝阳洞，在洞口向阳的石壁，镌刻其上，成为一段佳话。

二、滁生拜王门

王阳明的到来，使得滁州成为传播心学的望地，一股清新的风气扑面而来。王阳明在琅琊山下讲学，令滁州人耳目一新。滁州诸生近水楼台先得月，其中有数十名滁人学子追随，有名可稽者如：孟源、孟津、戚贤、刘韶、石玉、朱勋、田鳌、萧惠等，日后多成为名儒乡贤。据万历《滁阳志》、《南京太仆寺志》、康熙《滁州志》、光绪《滁州志》、《明史》、《王阳明年谱长编》等资料初步梳理，王阳明滁州籍弟子及后学有名可稽的11人简介如下：

戚贤（1492年—1553年），字秀夫，号南玄，全椒县二郎口镇戚村人。戚贤家中世代务农，家境清贫，只有他读书习举业，明正德八年（1513），王阳明在滁州讲学，戚贤“曾于诸生中旅见，未信其学……甲戌岁有传先生论学诸书，读之有契于心。复至南京问学，为弟子，嘉靖五年（丙戌1526）进士。初授归安知县，后又至越，学于门下”。[①] 先是王阳明在滁州讲学时，戚贤对阳明心学并不了解，后来读了阳明的书，十分钦佩，于是到南京从阳明学。他考中进士以后，授官浙江归安县令，又进一步拜学于王阳明。阳明也很赏识这个学生。嘉靖六年（丁亥1527）王阳明受命征两广前，写给戚贤一封书信，后编入《王阳明全集》，题为《与戚秀夫》[②]：

德洪诸友时时谈及盛德深情，追忆留都之会，恍若梦寐中矣。盛使远辱，兼以书仪，感怍何既！此道之在人心，皎如白日，虽阴晴晦明千态万状，而白日之光未尝增减变动。足下以迈特之资而能笃志问学，勤勤若是，其于此道真如扫云雾而睹白日耳。奚假于区区之为问乎？病废既久，偶承两广之命，方具辞疏。使还，正

① 《王畿集》卷二十“刑部都给事中南玄戚君墓志铭”。

② 参见《王文成公全书》卷六，第268页。

王阳明与弟子雕像，摄于吉安清源山书院

当纷沓，草草不尽鄙怀。

后来，戚贤成为传承阳明心学的著名传人，明清之际大思想家黄宗羲称戚贤是阳明在世时的南中王门六大弟子之一。“南中之名王门学者，阳明在时，王心斋、黄王岳、朱得之、戚南玄、周道通、冯南江，其著也。”戚贤办南谯书院的事迹待后文再续。

孟津，字伯通，号两峰，直隶滁州人，约生于弘治末年。王阳明在滁州讲学时，孟津约十三四岁，端方嗜学，跟随其兄孟源从王阳明学。嘉靖二十二年（癸卯 1543，约 42 岁）乡试中举，初受河南温县县令，这里是三国著名政治家、军事家司马懿的家乡。不久又调湖北黄冈，颇有政声，升宝庆府（今湖南邵阳市）同知，为五品官，相当于现代市政府副市长。同知负责分掌地方盐、粮、捕盗、江防、河工水利，以及清理军籍、抚绥民夷等政事。孟津在任上为政为学，敬业亲民，终身于致良知之途。

孟源，字伯生，孟津兄，携弟同学于阳明先生。曾就“静坐思虑”等问题求教于先生（参见《传习录》）。一日，孟源问先生：或患思虑纷杂，不能强禁绝。阳明子曰：“纷杂思虑，亦强禁绝不得，只就思虑萌动处省察克治，到天理精明后，有个物各付物的意思，自然静专，无纷杂之念。《大学》所谓‘知止而后有定’也。”阳明先生对弟子既谦和而又严实，他批评学生常常一语点到要害处，让你警醒。先生曾对薛侃曰：“为学大病在好名。”《传习录》上卷记载：孟源有自是好名之病。先生屡责之。一日，警责方已。一友自陈日来工夫请正。源从傍曰：“此方是寻着源旧时家当”。先生曰“尔病又发。”源色变，拟欲有所辨。先生曰：“尔病又发”。因喻之曰：“此是汝一生大病根。譬如方丈地内，种此一大树。雨露之滋，土脉之力，只滋养得这个大根。四傍纵要种些嘉谷，上面被此树叶遮覆，下面被此树根盘结，如何生长得成？须用伐去此树，纤根勿留，方可种植嘉谷。不然，任汝耕耘培壅，只是滋养得此根”。先生之言，既是批评孟源，也是教导其他弟子，勿务虚名，要求真务实。孟源十分惭愧，从此按照先生要求克己养性，务求实在而尽弃虚浮。王阳明升任南京后，孟源又携弟弟孟津跟随到南京从学。第二年正德乙亥（1515），孟源将从南京归滁，王阳明专写了一封《书孟源卷》，给弟子以明示，并有《与滁阳诸生并问答语》，借以指导滁州诸生[①]，正德十一年王阳明离开南京到江西剿匪，于是孟氏兄弟跟随湛甘泉于南京新泉书院继续学习七年。孟氏母是一位深明大义的女性，全力支持儿子从

① 参见《王文成公全书》卷二十六，第330页。

王、湛之学。有一年，老夫人寿诞，孟津欲为母亲做完寿庆再去书院学习。母示儿曰："你前往好好学习，就是给我最好的庆寿！"湛甘泉闻讯后，作诗一首，赞叹孟母：

孟母寿诗有序

孟氏子兄弟二人源、津，皆从予新泉讲孔孟绝学七年，十一月二日，其家君诞，既称寿毕，母索太夫人促津来新泉，津以十九日方母诞辞，母谓之："汝第往学焉，即寿我也。"同门谓："昔者孟子尝以母命游学于鲁，数年不归矣，而孟母之名至今不朽。请为诗寿焉。"

既有孟氏子，岂无孟氏母。
经年学不归，寿亲在行道。
暮宿新泉源，朝望滁阳云。
愿酌无穷泉，永言不寿萱。

（《泉翁大全》卷之四十二）

刘韶，滁人，自号"约斋"，嘉靖十一年壬辰（1532）贡士，任河南济源县训导。从阳明学期间，刘韶曾求先生以其号阐说，于是王阳明撰有《约斋说》。在《约斋说》中，阳明先生分析了烦与约的根源：人欲之私则烦，天理为公则约。他教导学生，天理良知归一，具于吾心。唯有求之于心，方能化烦难为简约。他勉励刘韶要像孟子所说的那样"学问之道无他，求其放心而已"。

滁阳刘生韶既学于阳明子，乃自悔其平日所尝致力者泛滥而无功，琐杂而不得其要也。思得夫简易可久之道而固守之，乃以约斋自号，求所以为约之说于予。予曰："子欲其约，乃所以为烦也。其惟循理乎？理一而已，人欲则有万其殊。是故一则约，万则烦矣。"虽然，理亦万殊也，何以求其一乎？理虽万殊而皆具于吾心，心固一也，吾惟求诸吾心而已。求诸心而皆出乎天理之公焉，斯其行之简易，所以为约也已。彼其胶于人欲之私，则利害相攻，毁誉相制，得失相形，荣辱相缠，是非相倾，顾瞻牵滞。纷纭舛戾，吾见其烦且难也。然而世之知约者鲜矣。孟子曰："学问之道无他，求其放心而已。"其知所以为约之道欤！吾子勉之！吾言则亦以烦。

朱勋，滁人，字汝德，卫指挥使朱原的次子，跟从王阳明先生游学，心性涵养而沉邃。正德九年三月，渡海赴东瀛，向先生告辞，阳明先生作《答朱汝德用韵》送之：

东去蓬瀛合有津，若为风雨动经旬。
同来海岸登舟在，俱是尘寰欲渡人。
弱水洪涛非世险，长年三老定谁真。
青鸾眇眇无消息，怅望烟花又暮春。

（《王阳明全集》卷二十二）

朱勋从日本归来后，应选正德十六年贡士。据明万历《滁阳志》记载，嘉靖初年，朱勋入都上乔太宰（按：应为新任吏部尚书乔宇）《瘦马吟》诗："历尽风霜古战场，骨高毛耸减精光。枥间斗粟何由饱，市上千金未许偿。恋主肯辞劳汗血，逢人多是计骊黄。天寒日暮燕台下，鸣向孙阳也身伤。”朱勋这首诗以瘦马喻人才困窘，表达了自己不得重用的不满，一时传播缙绅间。不久授任江西安福县训导，后掌白鹿书院，历官泉州府学教授，致仕归乡。朱勋善诗词，二十年执吟社牛耳，传播阳明心学。著有《金刚经解》《逊泉诗集》等。南京太仆寺和滁州地方官吏常到朱勋府上礼拜，请教学问。嘉靖三十年他与胡松、周冕诸乡贤请知州熊琦谋修广惠桥，并解囊捐资。

孙存，字性甫，滁州人。生于弘治四年（1491），生而慧颖，力学强记。正德八年（癸酉 1513）秋，二十三岁的孙存中乡试后，即从阳明学。十二月赴南宫试，阳明托其携书致杨廉。廉时为顺天府尹，亦饱学之士，正德二年在滁州任南京太仆寺卿，少年孙存曾学其门下。[①] 孙存《杨公廉行状》云：“癸酉冬，存北上，阳明王先生附书抵公，称为‘君子有用之学者’，以此。”[②] 九年（1514）孙存中进士，授礼部祠祭司主事、精膳员外郎、郎中。历迁赣州、长沙、荆州、处州知府，升任参政、河南左布政使。孙存居官有胆略，精于律典，其诗文奏稿为人推重，曾编辑本朝典章制度和典型案例《大明律读法书》。在长沙时，修岳麓书院及敬一亭，请置山长，置学田，以租养学，士风日上。孙氏三代为官有政声，嘉靖年间，朝廷批准在滁修建功德牌坊，位于原中心街与鼓楼街相交的十字路

① 《杨文恪公文集》卷六十二，载有杨廉为存父孙存所作“滁州孙公墓志铭”，述孙家世，赞赏孙存。

② 《国朝献征录》卷三十六。

口。[①] 孙存逝后，归葬滁州南乡鳌鱼塘，著有《丰山集》，现藏于苏州图书馆。

萧惠，滁州人，庠生，甘贫乐道，嗜学而笃于伦理，从阳明先生游学。平素厌于嚣俗，特立独行好仙佛，追求超凡脱俗的行为，时常到柏子潭楼台趺坐，口中念念有词。他曾向阳明先生请问关于儒释、生死等问题。一日，萧惠突然衣冠而逝，飘然立于柏子潭水上，众人皆异之[②]。

石玉，滁人，字仲良，号琴乐居士。性情严毅，喜琴善诗。筑琴乐轩以延文学之士。阳明先生来滁后，景其高风，时与论谈，并手书“琴乐轩”匾额，以表其宅。石玉常常与太仆诸君子诗词唱和。他的两个儿子汝中、汝正，亦乐善好施。

田鳌，滁人，号蒙泉，王阳明及门弟子，嘉靖二十二年（癸卯 1543）贡士，陟河南汝宁府教授。归郡时，著有《倦吟集》。

屠岐，直隶滁州全椒县人，嘉靖十年（辛卯 1531）贡士。从阳明游，讲良知学。入太学，没有出仕，早卒。事迹不详，仅见于地方志记载。

三、僚友相与学

阳明先生任职南京太仆寺期间及嗣后，在太仆寺职官中，有阳明同道僚友和弟子，更有许多阳明后学以及崇仰心学的士大夫。代表人物如太仆卿杨褫、潘希曾、屠楷、余胤绪、盛汝谦、陆

① 参见《滁阳志》、胡松《河南左布政使孙公存行状》、束景南《王阳明年谱长编》。

② 参见万历《滁阳志》“人物”。

王阳明与僚友　（油画）张文惠作

光祖、吴达可、萧崇业、周汝登、李觉斯等；少卿文森、朱廷立、吕怀、雷礼、赵釴、石应岳（后升为卿）、戴金、冯若愚、尹瑾等。

正德八年、九年，王守仁任职滁州期间，前后任太仆寺卿的为罗钦忠、杨褫。他们两人与阳明任职前后搭档，与阳明学说可谓道出左右。

罗钦忠（1475—1529）字允恕，江西泰和人，弘治十二年己未（1499 年）赐进士出身，擢刑部主事，历通政司，正德八年九月任南京太仆寺卿。官至都察院左副都御史。与兄罗钦顺、罗钦德号称“罗氏三凤”。其长兄罗钦顺（1465—1547），字允升，号整庵，明中期著名哲学家。罗钦顺对阳明心学持批评态度，两人反复书信往来，相互答辩。王守仁有《答罗整庵少宰书》。罗钦忠与王阳明相携同务甚洽，学术趋于其兄观点，与王守仁和而不同。

杨褫，字介福，武陵（今湖南常德）人，弘治九年（1496）进士。他算是一名坚定的王学派。正德初以忤逆宦刘瑾，落职回乡，建闻山精舍，与蒋信、冀元亨等一道讲学。正德三年（1508），王守仁贬谪贵州龙场驿，途经武陵，杨褫久仰阳明，且同病相怜，拜邀其到精舍讲学。刘瑾被诛后，杨褫重新起用，正德九年任太仆寺卿，在滁阳与守仁再相逢，同心之处可想而知。

文森（1462—1525），字宗严，与王阳明同任太仆寺少卿。正德九年正月大雪后，阳明先生与众弟子28人登琅琊观诸景后，留下石刻《琅琊题名》，其中提到“白湾文宗严森”，即同僚少卿文森。

说到文森，就必须提到文氏两代人在滁州的活动及其与王阳明的交集和友情。

文森与其兄文林先后在滁州任南京太仆寺官。文林的儿子即文徵明。

文林（1445—1499），字宗儒，号交木，江苏长洲（今苏州吴县人），成化八年（1472）进士。文林博学多识，通晓堪舆卜筮，尤精易数。初官永嘉县令时，体恤民情，曾大胆果断地“命尽伐去”挤占粮田的进贡梨木，受到了百姓的拥戴。成化二十二年，经朝廷考绩补升为南京太仆寺丞，来到滁州。文林对开国以来马政演变的利弊悉心研究，探究古今牧养管理之经验。不久便上疏“马策”三篇，受到朝野的一致好评。第二年赴京上朝陈述“圣政十事”。涉及马政一事，他十分尖锐地指出，江南有牧马场数千顷，为势家所侵，马无所养，“当究其实”。文林积极务实的经世才能和直言坦荡的品格，受到各方人士的称赞。他离京南归时，大学士“茶陵派”诗人李东阳有长诗称赞：“锦囊秀句压骚人，玉麈雄谈惊座客……书生经济须实用，谁为吾民苦区画？闻君献纳有嘉言，肯避旁人越嗔职……”文林居滁六年，政余喜与同僚山游唱和，写下大量见闻、游观诗词和考订经史的读书笔记，后经文徵明抄录整理，成书《琅琊漫钞》传世。

文林之弟文森（1462—1525）字宗严。成化二十三年（1487）进士。正德六年文森在京任监察御史，即与王阳明交游往来，王阳明曾作“白湾六章”咏赞文森。文森先后当过两个县的县令，正德七年二月，从河南道监察御史升南太仆寺少卿，步其兄文林后尘，来到滁州。文森治马政也效法文林，条列古今厩养之法，与今之利病宜兴革者，凡言皆切中当时之弊。从文徵明所撰《先叔父行状》亦知文森在滁州的马政治绩显著，改革措施实际可行，让百姓从牧养中得到一些实实在在的利益和好处。等到王阳明上任南京太仆寺时，文森已经先在滁州务马政一年多。两人遂为僚友，在马政事务中配合默契。正德九年甲戌（1514）春，王阳明在滁州应文森之请，为其先祖文山先生文集作《文山别集序》，赞述文氏家族的孝与义[①]。

文徵明（1470—1559），原名壁，字征明，号衡山居士。他17岁时与其兄文奎，随侍父亲文林一道来滁州。在滁六年，前三年大部分时间学诗书文，拜父亲同僚太仆寺少卿吕憲学诗，从少卿李应祯（大书法家祝枝山的岳父）学书。后三年来往于滁州与长州两地，兼从沈周学画、吴宽学古文法。二十四岁时又遵父命向江浦庄昶学诗。

文徵明在滁州的学余生活最嗜游山，闲暇玩遍了琅琊山水，“游山无穷如读书”。他与王阳明一样把游山看作是读书悟道。文徵

① 参见《王文成公全书》卷二十二外集四第1008页。

明流传于世的墨宝《醉翁亭记》行草手卷和工书小楷，以及《醉翁亭图卷》、著名散文《重游琅琊山记》和《九月廿日重游琅琊山》长诗，可谓他倾情于琅琊山的出神入化之作。正德八年（1513）文徵明参加应天试后，顺道来滁州探望叔父文森，酒后作一首即兴之诗，叙述了文氏两代人与滁州的结缘："宦辙滁阳弟踵兄，我缘诸父得重经。"

文徵明画像

回笔再说文徵明的叔父文森与王守仁的后续交集。

文森在滁 3 年，正德十年（1515）底赴京考绩，次年进为右佥都御史，朝廷命他巡抚南赣。文森深知南赣寇乱如蜂，官腐民怨，是一块"烫手山芋"，因此称病而未赴任。兵部尚书王琼在《为地方有事急缺巡抚官员事》中痛斥"文森迁延误事，见奉敕书切责，乃敢托疾避难，奏回养病……幸不加罪，合无以后不必起用，以为推奸避事者之戒。"紧接着，王琼力荐王守仁接替文森，擢升都察院左佥都御史，巡抚南（安）赣（州）汀（州）漳（州）等地，将这危难的重担加于王阳明的肩上，却因此而成就了王守仁在江西的赫赫功勋。

王阳明在南京太仆寺的后继中还有许多崇拜者，例如名宦潘希曾。

潘希曾（1476—1532），字仲鲁，号竹涧，浙江金华人。弘治十五年（1502）进士，改庶吉士，授兵科给事中。因灾异奏陈八事，指斥近幸。出核湖广、贵州军储还，不赂刘瑾，刘瑾大怒，矫诏廷杖除名。刘瑾伏诛，起迁吏科右给事中。王阳明离滁后，正德十一年（1516）潘希曾任南京太仆寺少卿，十六年升任寺卿，在滁州任职时间长达 7 年，留下百十首诗词。潘希曾崇仰阳明学，曾访越地阳明洞天。嘉靖四年（乙酉 1525），潘希曾晋都察院右副都御史，督南赣汀漳等处军务，又步王阳明后尘。嘉靖六年八九月间，王阳明奉诏征思、田，率军道经江西，与潘希曾相逢。潘希曾延请王阳明至中军帐下，把酒相敬，聆听大示。赞叹阳明先生大功得之于心，感慨赋诗《赠阳明王公督军两广》[①]：

阳明先生大节出险，大功锡封天下，想望其风采，而其得之心无待于外者，则虽士大夫或莫知之也。先生家居数年，诏起视师苍梧，道赣江，幸奉颜诲，以慰阔别，敬赠鄙句。

一封书奏险夷轻，百战功归带砺盟。
世道更为今日起，心传独得古人精。
稽山峻绝云难蹑，赣水迢遥盖偶倾。
早定南荒报天子，太平调燮待阿衡。

除了潘希曾这样的名宦钦佩王守仁以外，太仆寺的那些寺丞、主簿，还有滁州知府、卫所、察院等衙门中的官判典吏，对王守仁的学问也是如雷贯耳、如沐春风，公余闲暇纷纷前来旁听

① 参见潘希曾《竹涧词》、湘潭大学刘慧敏《潘希曾诗集校注》。

或请益。往日冷清的太仆寺周围，一时间热闹起来，“而环桥之间，相与听说奥义，云集而景从”[1]。《南京太仆寺志》人物传记载：王守仁癸酉升南京太仆寺少卿，值留囧多暇，专以良知之旨训后学，随方而答，必畅本原。恒语诸生曰：“不患外面言谤，惟患诸生以身谤。拳拳以孝悌礼让为贵，即闾阎小竖咸歆艳乡慕，思有所表，则欲殊于俗。滁水之上，洋洋如也。”自此以后，太仆寺和滁州官场的学风延续了一种传统，凡后任者，到此必言欧公与文成。更有阳明弟子或后学游宦于滁州，对阳明思想格外推重。

例如，后任太仆寺少卿的朱廷立（1492—1566），阳明弟子，字子礼（一字两崖），湖北通山人，嘉靖癸未进士，授监察御史，官至礼部侍郎。朱廷立忠厚正直，惟好理学，喜为文辞。嘉靖三年（甲申 1524）王阳明在越讲学，时任诸暨知县的朱廷立向先生请教“何以为政，何以为学”，为学与为政的关系。先生与之言学而不及政。朱廷立退而自省其身。去思考和践行“惩己之忿，而因以得民之所恶也；窒己之欲，而因以得民之所好也；舍己之利，而因以得民之所趋也；惕己之易，而因以得民之所忽也；去己之蠹，而因以得民之所惠也；明己之性，而因以得民之所同也。”三月而政举，朱廷立感叹道，我现在才知道，学之可以为政了。朱廷立领会了王阳明的民本思想。王阳明在《政学记》中盛赞朱廷立“明德亲民”“平民之所恶”“从民之所好”“顺民之所趋”“警民之所忽”“拯民之所患”“复民之所同”“三月而政举”，进而“求至善”，足以昭示为官者怎样为政。嘉靖十六年（1537）正月至

① 参见《滁阳志》“艺文卷”之戴瑞卿《谒阳明先生祠祭文》。

十七年七月朱廷立擢南京太仆少卿，协助太仆寺卿赵廷瑞编辑《南滁会景编》，赵廷瑞在琅琊山建揽秀亭，朱廷立作《揽秀亭记》。

再如阳明弟子穆孔晖，嘉靖十年（1531）到滁州任南京太仆寺少卿，与同僚时常论学，吟咏歌诗，赞美滁州山水，留有《游琅琊寺》诗[①]。穆孔晖（1479—1539），字伯潜，号玄庵，山东堂邑（今聊城市东昌府区）人。王守仁任山东乡试主考官时，对穆孔晖的才学很欣赏，录为举人。弘治十八年（1505）考中进士，历任翰林院检讨、南京礼部主事、翰林院侍讲学士、南京太常寺卿等官。后来穆孔晖又亲聆王守仁讲学，成为心学的热心拥戴者和心学在山东的第一个传播者。穆孔晖的学术思想基本上继承了王守仁的良知说，把心学与佛学中的“顿悟说”结合起来，也被认为是“学阳明而流于禅”。

随着时间的推移，离开滁州以后的王阳明影响越来越大，正德以后，太仆寺继任者对王阳明丰功伟绩的仰慕、对阳明心学持续的追求。在明代南京太仆寺卿连续编刻的文献《南滁会景编》《南京太仆寺志》和《滁阳志》以及相关别集中均能读到这类诗文。万历十一年，南京太仆寺少卿尹瑾所作《阳明先生祠二首》，揭示出阳明心学的渊源传承：

包义图画寄心传，邹鲁斯文一脉连。
秦火诗书燔孔壁，何人日月揭中天。
道从濂洛窥堂奥，学向关闽入圣贤。

① 参见《南滁会景编》第五册“琅琊山诗集”，黄山书社2016年版，第827页。

赋性良知元不昧，须寻洙泗认真源。

意在赞叹心学理论直通孔孟真谛，一茬又一茬的太仆寺官吏对前贤阳明学说有了进一步深入的理解，暗示着在统治阶层内部，尊崇阳明已成潮流。

四、湛公来相会

明中期，与王阳明同时，广东增城出了一个思想家湛若水。

湛若水（1466—1560）明代哲学家。字符明，号甘泉，增城（今广东省增城县）人。湛若水比阳明年长6岁，阳明却比湛若水早6年中进士，因为志同道合，两人成为终身挚友。早在弘治年间，湛若水无意功名仕途，立志要做当代颜回，他拜了南方大儒陈献章（白沙）为师，在老家闭门读书多年，后来拗不过他母亲，才不得不到南京国子监入学，并在弘治十八年（1505）春天的会试中擢为第二名，选为庶吉士。到了京城，王、湛两人在圣贤路上跋涉的才俊有幸结识，一见相契，结为挚友，以倡明圣学为事。王阳明到北京多年，从来没有遇到像湛若水这样彼此思想契合的人。当时的名公巨卿如李东阳（西涯），文学名家如前七子等，都与王阳明有过交往，但在阳明心中，他们虽为文坛名星、辞章高手，却非至圣。而湛若水的学问惟求“自得”，却

湛若水像

是真正体现了圣人之学的典范，这样的人不引以为知己，天下谁是知己？

湛若水也有着相同的感受，他自谓：若水泛观于四方，未见有像阳明这样的人。二人在京师灰厂比邻而居。公务之余，时相过从，诗歌唱和，切磋学术，并在一场场面红耳赤的辩论中加深了解、促进了友谊。即使在以后的宦海沉浮、戎马生涯中，两人也经常互寄诗书、文论，探讨心学之道。

王阳明是姚江心学的代表，湛若水继承陈献章，成为江门学派的代表，并创甘泉学派。两家学术虽然各有特色，但总体上都属于明代心学的阵营。王阳明和湛若水心学共同之处是：二者均继承了陆九渊“心为宇宙本体”的思想，主张“心即理”，均批评程朱之学。不同之处在于：王学提出“致良知”，湛若水提出“随处体认天理”。两人同宗孔孟，同倡圣学，私交甚笃。但为学宗旨不尽相同，学术上时有辩论。关于儒释道问题，阳明强调儒与佛道之同，而若水则强调儒与佛道之异。若水排斥佛道较为激烈，阳明对待佛道则较为温和甚至有融合之意。二人的学术思想对明代中后期思想影响很大，史曰：时天下言学者，不归王守仁，则归湛若水。滁州学子孟源、孟津等人则是既学于阳明，又学于湛若水。

正德二年至四年（1507—1509），王阳明被发配贵州期间，不仅心仰圣贤，也常思挚友。五年初从贵州龙场回归，途经湖广，过沅江，晚泊江思湖，想起这几年的苦难悟道历程，眼前江水滔滔，一轮明月悬在夜空，阳明披衣静坐，体悟天机，思念千里之外的好友湛甘泉，诗兴涌上心头。

扁舟泊近渔家晚，茅屋深环柳港清。
雷雨骤开江雾散，星河不动暮川平。
梦回客枕人千里，月上春堤夜四更。
欲寄愁心无过雁，披衣坐听野鸡鸣。
（《王阳明全集》卷十九《夜泊江思湖忆元明》）

正德六年，王阳明到了京城任职，与湛若水讲论圣学，情谊日密。湛甘泉曾有意卜居萧山湘湖，日后与阳明洞卜邻而居，朝夕聚会，共论圣学。这年九月，湛若水奉朝廷之命出使安南（今越南），王阳明撰文送湛甘泉。《王守仁年谱》记载："先是，先生升南都，甘泉与黄绾言于冢宰杨一清，改留吏部。职事之暇，始遂讲聚。方期各相砥切，饮食启处必共之。至是甘泉出使安南封国，将行，先生惧圣学难明而易惑，人生别易而会难也，乃为文以赠。"

王阳明在别湛甘泉序文中说道：

某幼不问学，陷溺于邪僻者二十年，而始究心于老、释。赖天之灵，因有所觉，始乃沿周、程之说求之，而若有得焉，顾一二同志之外，莫予冀也，岌岌乎仆而复兴。晚得友于甘泉湛子，而后吾之志益坚，毅然若不可遏。则予之资于甘泉多矣……

吾与甘泉，意之所在，不言而会，论之所及，不约而同，期于斯道，毙而后已者，今日之别，吾容无言。夫惟圣人之学难明而易惑，习俗之降愈下而益不可回，任重道远，虽已无俟于言，顾复于吾心，若有不容已也。则甘泉亦岂以予言为缀乎[1]？

王阳明对湛若水出使安南若有所失，情深意长，感叹及己，叙与甘泉相学之洽，依依不舍。他不仅写了送别文章，待甘泉临行前，又写下两首送别诗：

别湛甘泉二首

其一

行子朝欲发，驱车不得留。驱车下长阪，顾见城东楼。
远别情已惨，况此艰难秋。分手诀河梁，涕下不可收。
车行望渐杳，飞埃越层丘。迟回歧路侧，孰知我心忧。

其二

我心忧以伤，君去阻且长。一别岂得已，母老思所将。
奉命危难际，流俗反猜量。黄鹄万里逝，岂伊为稻粱？
栋火及毛羽，燕雀犹栖堂。跳梁多不测，君行戒前途。
达命谅何滞，将母能忘虞。安居尤阱护，关路非岐岖。
令德崇易简，可以知险阻。结茆湖水阴，幽期终不忘。
伊尔得相就，我心亦何伤。世艰变倏忽，人命非可常。
斯文天未坠，别短会日长。南寺春月夜，风泉闲竹房。
逢僧或停楫，先扫白云床。

未几，王阳明也被任命为南京太仆寺少卿，这一对挚友分别

① 《王文成公全书》有误，作壬申1512，实为辛未1511年9月30日。

天南海北，而王阳明却是非常乐意离开那个乌烟瘴气的京城，前往山清水秀的琅琊山下。

湛若水出使安南期间，王阳明正心旷神怡地在滁州管理马政与讲学。

在王阳明居留滁州的大半年中，他与弟子学人思想活跃放达，辩诘与争论几乎每天都在进行着。有时发生在学生们中间，有时则发生在先生和某个学生之间，其他人或附和，或参与。阳明与他的学生或者学人乐此不疲，心学道理越辩越明。湛若水与王阳明在滁州的相会与辨析，也是其中的一次。

正德九年春天，湛若水出访安南的任务完成，在回京复命的途中特意来滁州拜会好友王阳明，小住几日。这次在群山环抱的滁州城见面，离上次在京城分手已有两年。老朋友重逢分外高兴。湛若水走进森严清雅的太仆寺署，王阳明与他执手相叙，相谈甚欢。在接风洗尘的晚宴上，酒过三巡，大家畅谈离别后的感想体会。这次谈论的中心是儒学与佛道问题。虽然王阳明与湛若水都是儒学大家，都喜欢谈佛论道，静思体悟，但事实上两人和而不同，在北京的时候就常常为各种观点争论。酒酣耳热以后，阳明与若水谈兴未尽，继续在太仆寺寓所内彻夜长谈，论儒释之道。后来，湛若水在《阳明先生墓志铭》中写道："阳明公迁贰南太仆，聚徒讲学有声。甘泉子还，期会于滁阳之间，夜论儒释之道。"王阳明认为儒与佛道好比大树树干与枝叶的关系。湛若水认为，儒与佛道有着本质的不同。

其实王阳明在滁州讲学，已经对儒学与佛道之间的关系与区别进行了厘清。

王嘉秀求学于滁州之时，曾就佛教、道教问题与先生展开问答。《传习录》上卷对此有所记载。王阳明受托在其书轴上留言[1]。王阳明在该文中阐述了“万物一体之仁”和“自省”的必要性，及“君子之学，为己之学”等观点。其中一句写道：“呜呼！自以为有志圣人之学，乃堕予末世佛老邪僻之见而弗觉，亦可哀也夫！”这是告诫弟子借鉴佛道，但切勿陷入佛老虚无之境。尽管王阳明在诗句中常用佛道仙境借喻圣学之境，但他从未将成圣的希望寄托于佛道之上。平时，王阳明引导弟子，勿将儒释道对立起来，而要融会贯通。他在《书王嘉秀请益卷》中，还劝王嘉秀要注重“恕”道，他说：“恕之一言，最学者所吃紧，其在吾子则犹对病之良药，宜时时勤服之也……此远怨之道也。”王嘉秀对王阳明讲的“远怨之道”颇有心得，天下事物如同自己所画的山水图景一样，相互依存，和而不同。他高兴地对老师说：“先生，弟子明白了，学者不必先排仙佛，且当笃志为圣人之学。圣人之学明，则仙佛自泯矣。”王阳明微笑颔首：“然也！”

《传习录》上卷中有记载，滁州弟子萧惠也好佛道，王阳明告诫他：“吾亦幼笃志二氏（佛、老），自谓既有所得，谓儒者为不足学，其后居夷三载，见得圣人之学若是其简易广大，始自叹悔错用了三十年气力。大抵二氏之学，其妙与圣人只有毫厘之间。”闻此，萧惠又向王阳明请教佛老二氏之妙。王阳明道：“向汝说圣人之学简易广大，汝却不问我悟的，只问我悔的！”

另外，萧惠还就生死之道求教于王阳明。对此，王阳明认为，“知

① 参见《王文成公全书》卷八《书王嘉秀请益卷》。

昼夜，即知死生”，“知昼则知夜”（《传习录》上卷）。

王阳明与湛甘泉在滁州讨论儒与佛道的关系问题，其间多次谈到佛道之弊端。湛若水在王阳明去世以后，深刻追忆这次滁州之辩，他在奠王阳明先生文中曰：

奉使安南，我行兄止。兄迁太仆，我南兄北，一晤滁阳，斯理究极。

兄言迦聃，道德高博，焉与圣异？子言莫错。我谓高广，在圣范围，佛无我有，中庸精微；同体异根，大小公私，斁叙彝伦，一夏一夷。夜分就寝，晨与兄嘻。夜谈子是，晤亦一疑。分呼南北，我还京圻。

阳明视甘泉既为学友，也如兄长。还在正德六年（1511）八月，朝廷追赠湛甘泉亡父湛英（字怡斋）官爵如子，甘泉请王阳明为乃先父作墓表，王阳明表赞湛父同时赞扬湛若水“而公之子若水求濂洛之学，为世名儒，举进士，官国史编修”。正德九年，王阳明从滁升任南京鸿胪寺卿不久，湛若水母亲陈氏去世，王阳明迎丧到龙江之畔，并应湛子之请撰“湛贤母之墓碑”。王阳明先后为湛若水父母撰墓文，可见两人的友情非同一般。

嘉靖六年（1527）朝廷任命王守仁为两广总督，征思田，行军途中，王阳明经过增城，祭祀其祖的“忠孝祠”，特意探访了老朋友湛若水的老家，并撰《题甘泉居》《书泉翁壁》两诗，借以表达对好友的思念。

题甘泉居

我闻甘泉居，近连菊坡麓。十年劳梦思，今来快心目。
徘徊欲移家，山南尚堪屋。渴饮甘泉泉，饥餐菊坡菊。
行看罗浮去，此心聊复足。

王阳明没有想到，一年以后，自己辛劳交集，病势加重，于嘉靖七年冬（1529 年 1 月 9 日）病逝于福建南安。湛若水闻讯悲痛万分，为阳明先生撰写了墓志铭。开篇一呼三叹，催人泪下：于乎！哀乎！戚乎！而遽至于是乎！而止于是乎！前有南来，报兄病瘘，及传二诗，题敝止予，曰“小恙未足为异”。开岁以来，凶问坌至。予心警怛，疑信未已。黄中绍兴，讣来的矣。于乎！戚乎！哀乎！而止于是乎！而遽至于是乎！

一年之后，嘉靖八年（1529），湛若水在南京又作了《奠王阳明先生文》。

嘉靖十三年（1534）阳明已经去世六年，湛若水 68 岁，时任南京礼部尚书，因公务再经滁州，回忆当年（正德九年 1514）在滁州与王阳明通宵达旦畅谈的情景，百感交集，斯人已去，何人共鸣！二十年以后，琅琊胜景处还有高山流水否？湛若水挥笔写下了《过滁感旧作》诗[①]。

遵涂出滁阳，望望琅琊山。

① 见《南滁会景编》第五册“琅琊山诗集”，黄山书社 2016 年版，第 761 页。

昔日阳明子，相期若跻攀。
寂寞卧山房，共话儒释言。
何期廿载下，复此同绪贤。
俯怀丰乐地，壮心与盘桓。
㝠搜醉翁处，窥潭有龙蟠。
醉翁醉亦得，龙蟠不可干。

阳明弟子戚贤在《南京太仆寺志》的“阳明精舍”一文中提到了湛甘泉来滁州拜会王阳明的事，同时还提到另一位大儒乔宇来滁论学：“至如甘泉先生道出岭南，白岩先生风生河北，贲然来思，征诘奥义，而积雪坐更，如出一口，殆非鹅湖可语也。”乔宇（1464—1531），字希大，号白岩山人，太原乐平（今山西昔阳）人，明成化二十年（1484）进士，先后学于杨一清、李东阳，官至兵部、吏部尚书。乔宇一生好学，诗文雄隽，兼通篆籀。时称北方文苑之魁。与王云凤、王琼并称“晋中三杰”，亦称“河东三凤”。

乔宇与王守仁、湛若水等是好友，在京师多有交往，乔宇又是时任吏部尚书杨一清的门生。正德五年十二月，吏部欲调王阳明去南都，黄绾、湛若水等欲延王守仁在京共同论学，乃谋于乔宇，请杨一清荐阳明留于京师，王守仁遂留京任吏部验封清吏司主事。

阳明留在京城，而次年（正德六年）正月，乔宇以户部右侍郎被任命为南京礼部尚书，临行前到阳明先生处交流学问。乔宇比他大 8 岁，是二品尚书，他是六品主事，这次交流却是年轻的王阳明主导，论说学贵专、学贵精、学贵正这三点。乔白岩先生回顾他少时下棋很专，青年时精于诗词，到中年时开始喜欢圣贤之道，便对下棋和词章悔愧了。阳明先生对于他的此番行为说道：专于道，精于道，才是正。学问要惟精惟一做功夫，一为体，精为用。专于道才算得了专，精于道才算得了精，只是专于下棋而不专于道，这种专便成为沉湎；精于词章而不精于道，这种精便成为癖好。道之为大路也，辞章和技能虽也从道中来，但若只以词章和技能，离道就远了。所以非专便不能精，非精便不能明，非明便不能诚，所以《尚书·大禹谟》说："唯精唯一。"精，精粹的意思，专，专一的意思。精，然后明。明，然后诚。所以明是精的体现，诚是一的基础。"一"是天下最大的本源；"精"是天下最大的功用。连天地万物生成发育的大道都明白了，何况词章棋艺呢？

阳明这番话就是说，做任何事情都不能只局限于技艺上的专，还得明白道的精与正。这一年，乔宇 47 岁，自认为老了，做身心学问来不及了。阳明先生鼓励他说，春秋时期的卫武公 90 岁尚不服老，白岩先生你现在正当壮年，有什么不可以做呢。王阳明作《送宗伯乔白岩序》[①]，借用周代官职的称谓，称乔宇即将就任的礼部尚书为大宗伯，表示尊重。

王阳明接到南京太仆寺少卿的任命后，南下经南京，又与乔宇等学宦相聚。在滁州期间，乔白岩正在南京任职，相隔较近，他极有可能再来滁州与阳明论学，但除了戚贤这篇文章有所记，并未见于其他史料，本书只能依戚贤之说予以点出，借此说明王阳明与乔宇的关系，两人在滁论学之事，有待进一步考证。

---

① 《王文成公全书》卷之七文录四，第一册第 276 页。

第五章 ‖ 善举保安宁

自古以来，滁州扼守江淮要冲，为金陵之门户、中原之跳板，战略地位十分险要，清顾祖禹《读史方舆纪要》评述滁州战略地位："山川环绕，江淮之间号为胜地。""北出钟离，则可以震徐泗；西走合肥，则可以图汝颍；而南下历阳，东收六合，则建康之肩背举矣。"明代滁州一直直隶于京师（其后隶于南京），并辖全椒、来安两县。兵事上朝廷历来重视，既设滁州卫，还有广武卫。加上南京太仆寺驻滁，更加提升了滁州的安全防卫等级。正德六年时，北方流民起事，一度曾经有小股人马窜至滁州境内，给官民造成惊慌。王阳明是一位靖国安邦的大师，文武之道运用自如。他来到滁州不久，就对这里的情况了然于胸。在他的思维中，靖国必先安邦，安邦必先安民，安民必先教化。安邦化民之道当深谋远虑，防患于未然。他在马政施策上，继续与少卿文森推行改革惠民的办法，在太仆寺和滁城的保安上，也先后采用了几项行之有效的措施。并且在老百姓中倡导孝义，树立榜样，改善社会民风。

一、始创马政街

太仆寺东南有一大片空旷野地，约有二百亩。洪武永乐年间各地送缴马匹，都要在这里点校验收。不收马匹时，种植成片苜蓿草，这种植物是马最喜欢吃的草料。明中期以后，俵马制度渐渐演变为以马折银缴纳，各地就不再送缴马匹，这一片地方就变成苜蓿遍生的野地。

正德五至七年（1515—1517），河北流民刘六刘七起义势炽蔓延，各地警觉防备。滁州地处南北要冲，六年曾有小股流寇窜入江淮滁境，幸有官军急追逃散，滁州绅民惶惶然。王阳明早在京城时候，就对边患和内乱忧心忡忡。来到滁州任太仆寺少卿，因为他学过兵法，太仆寺周边的防务也由他分管。于是，王阳明与当地州守商议，分析地方情势，借鉴庐陵经验，研究制定了招民开发自治、加强治安的方案。召集了二百余家民户自愿来此结庐聚居，开发太仆寺东南这一片空旷野地，从事农桑，自种自收，免除租赋。并组成社区，百户设立总甲，十户为小甲，维民安居，青壮年组成民兵，进行训练，排班日夜巡逻，保护太仆寺及周边的治安，与滁州城内守卫相互呼应。这些住户乐于为之，百姓逐渐增多，形成了一条“新街”，因为在太仆寺范围内，所以称作“马政街”。《南京太仆寺志》卷之九“规制”记载了“新街”这段史料：

又因寺址距滁城二里，萑苇蔽野，令军民于马场隙地自置房居住，设总小甲联之，论丁巡警。及流贼猖起，复即滁城尼寺改为寺仓，建官厅一所。而擘画所遗，莫非远虑。

自本寺牌坊起，至孙家地止，又通全椒路一街，俱牧监点马

王阳明在太仆寺任上督马政，据连环画《王阳明》

旧地荐苜蓿。正德七年，流贼猬起，本寺少卿王守仁因寺距滁城外二里孤悬，召集军民二百余家，自置房屋居住，立总小甲属之，照护按日巡警，防护本寺，免其地租。

值得一提的是，王阳明在太仆寺周边聚集民户、设立社区的做法，体现了王阳明的管理思想和管理策略，延续其在庐陵治政实践，为以后他在南赣、两广平息匪寇、治乱安民，实行“十家牌法”，积累了经验。三年后，“守仁在赣，虽军旅扰扰，而讲学不废。赣人初与贼通，乃立保甲十家牌法。及行乡约，教之礼让，又亲书教诫四章，使之家喻户晓，而赣俗丕变。”①

① 《南京太仆寺志》卷十五“列传·王守仁”。

到嘉靖年间，马政街社区发展到三百多户人家，日渐兴旺，生齿日盛，民风淳朴。因为此地挨着龙潭，又被后人称作龙池街。“正德初，冏贰余姚王君阳明先生始召民立业，不隶有司。迨于兹，生齿林林几三百户。”①

嘉靖乙丑年（1565），信奉阳明学的盛汝谦担任太仆寺卿，沿袭王阳明的思路，在此设丰乐乡社，教民条规，祭仰先贤，建仓廒，办学社，教化子弟，亲民安居，马政街出现了一派祥和气象。万历十三年（1585 年），太仆寺卿萧崇业写了一首《马政街谣》②，形象生动地描绘了马政街民情风俗的状况。

滁州城之南，五里人民稀。闻说冏诸公，稍稍集氓蚩。
近有百数家，茅茨傍山陂。涧田凭力耕，聊以御岁饥。
屋后半亩园，只收桃与李。蔬韭满畦内，家醅只管酾。
斗米十钱易，粗粝日三炊。草黄输公爨，桑绿免官丝。
追暇游名胜，那畏逢虎罴。纷纷年少者，好乐终不羁。
爰立保甲长，皓首皆庞眉。褒衣复博带，动止鲜参差。
昕夕赴约所，振铎奉条规。德化日以宣，风俗日以移。
普天无横吏，里闬相与嬉。皞皞马政民，安居良在兹。
但愿牧大夫，休息无扰之。

这首民谣也表露出当时一部分正直怀忧的士大夫们期望吏

① 胡杰：《创建马政街丰乐社仓学记》，《南滁会景编》第六册卷十二“杂景上”，第 281 页。

② 《南滁会景编》第六册卷十二下“杂景诗集”，第 320 页。

龙池街即明代“马政街”，2012 年拆迁之前摄

治清正、社会安定、民生祥和的理想愿望。正德年间滁州逐渐形成的这一片数百户居住的社区，以及形成的民风民俗，一直延续到当代。滁州人说到龙池街旧事，大多耳熟能详，顺着龙池街蜿蜒的小路，不出三里，就走到了醉翁亭。遗憾的是，这一片有着五百年历史的古街区，于 2012 年综合改造中被拆迁。据说规划重建一条仿古龙池街，那真实的“马政街”只能存在于文献记载和滁州人的记忆中了！

二、备虞修官仓

太仆寺位于滁州城外西南三里的丰山脚下，与城防两隔。寺署里收藏着数量可观的马赋资财，太仆寺本身没有几个兵卫，一旦有乱，寺署必为贼寇觊觎。王阳明敏锐地察觉到这个问题。他往来古城和寺署之间进行调研，采取了进退无虞、有备无患的策略。

明代各地官府都建有粮仓，是为官仓，用于储备军粮和平赈灾荒。滁州因为地理位置紧靠南京，官仓规模比别处都大，滁来全三县，加上和州、宁国和南京锦衣卫、广武卫等军屯的粮食都运到这里收藏，官仓位于城东南，距小东门不远，名曰“永盈仓”，意味着储粮始终充足。而实际情况常常是储运不济。

当年，在滁城内南北大街与鼓楼街交口东北侧，坐落滁州卫署，置有左右卫所，左所旁边就是太仆寺旧址。早在宋代，这里就有一座尼寺，曰“乾明寺”，明初改建为太仆寺官邸。因为地方狭窄，不便校阅马匹，洪武十一年（1378），遂将太仆寺迁建到城外丰山下。正德九年春，王阳明充分利用这块地方，将原来的老房子修缮，改建成一座小官仓，太仆寺管理的资财、钱粮以及马政所需物资，一旦有警，便可以转移至此存放。只要滁城守卫安全，就能确保无虞。同时，王阳明还利用这里老官邸改造修建一处厅堂，平时用于接待安置往来于滁的使臣宾客歇息，一旦有事，太仆寺官员可以从城外撤离到这里办公，可谓静观处变，深谋远虑。《南京太仆寺志》卷之九·规制官仓记载：

在滁城南门内左所右，初为宋乾明尼寺，正德九年因流贼之变，本寺少卿王守仁废寺为太仆寺仓，建官厅一所，以备入滁憩息之地。

王阳明还与滁州地方守臣、卫所官员运筹防寇保安措施。

王阳明的这些事迹，记入了明代一部名曰《南京太仆寺志》

明清皇家官仓——南新仓，位于北京市东四十条22号

的政史类书中。嘉靖二十九年，“庚戌之变”蒙古兵掠北京城下，朝廷急调战马不济，引起朝议纷纷。此时，又一位仰慕王阳明的新任少卿跨进了太仆寺的大门，他就是编撰了多部政史人物类书籍的学宦——雷礼。雷礼凝视着大门前题名碑上那一个个前辈的姓名，其中久久萦绕于心的就是“王守仁”。他住进了当年王守仁住过的少卿衙舍，查阅了有史以来特别是洪武朝以来的马政资料，思索180年来推行马政的种种利弊，雷礼决心编辑一部关于牧马的政书，以振当下马业，以昭将来。两年后，明嘉靖三十一年（1552），雷礼编成了《南京太仆寺志》十六卷，他约请王阳明的滁州弟子戚贤和另一位少卿章焕作序，请胡松作后序。然后正式刊行。这是一部记载马政史事政策较完备的明代文献，它不仅受到当朝重视，而且具有重要的历史价值，流传到今天，藏于南京图书馆。《南京太仆寺志》卷十五人物列传，以大量篇幅记载了王守仁的事迹：“癸酉升南京太卜寺少卿，值留垧多暇，专以良知之旨训后学，随方而答，必畅本原……滁水之上，洋洋如也。”同时还记述了阳明精舍、来远亭、马政街、官仓等情况。

三、慕隐彰孝义

明朝中后期，由于朝政荒怠，宦官专权，权贵侵占土地，社会矛盾加剧，烽警四起。同时，在严格的帝国官僚体制之下，升迁、考核和各种政治压力，加上官场中朋党派系倾轧，也造成士大夫们的不平、愤懑、焦虑和失意。于是，一部分不满现实的士大夫，选择与现实政治的不合作，或者寻求另一种精神上的桃花源，企图以隐逸来逃避浊世，独善其身。“市隐”“朝隐”“吏隐”

竟成风气。淡泊隐逸也是王阳明人生旨趣和内在性格的一个重要方面。实际上，王阳明一生思想性格和行为深处，一直充满着“进”与“退”、“仕”与“隐”、“入世”与“出世”，抑或“内圣”与“外王”的矛盾与困惑。在他的一生中，曾不止一次地期望离世脱俗，归隐田园，潜心为学。在滁州期间，王阳明的生活十分清闲自在，心情也很惬意、安适，尽情享受着如同隐士一般的逍遥生活。诚然，清高怀古、经世济民的士大夫情怀始终主导着他的内心世界。如前所述《梧桐冈用韵》一诗[①]，就表现出王阳明的此种心境：“颜子岂忘世，仲尼固遑遑。已矣复何事，吾道归沧浪。”

因此，王阳明十分欣赏滁州的“隐儒”“隐吏”，慕隐访贤，倡彰孝义之风。

滁州明清志书记载有这样一件事：滁州姚氏，从明洪熙朝以来几代为官，淳良清正，弘治正德年间，到了姚瑛这一辈，萌生了从军政界退隐的念头。“姚瑛，指挥同知（弘治间执掌滁州卫）。少凝重不苟言笑，历诸委俱有声。寻佩印，不苟一介取予。已领漕，当道知其贤，欲大用。以母老辞休，日杜门与其弟友称觞食饮自娱。”这位姚指挥名瑛，是世袭的军事首领。守正持重，卓有文武才干，私淑阳明心学，上司了解姚瑛的贤良，准备提拔重用他。可是姚先生参透了内心良知与朝堂弊政的水火不容，他厌倦了官道，谢绝了上司的重用，不以官位为重，以母亲年事已高为由辞官回家，提前退休，闭门不出，莫问世事，整日与其兄弟好友赋诗饮酒下棋，享受天伦之乐，大有隐士之风。

---

① 《王文成公全书》卷二十。

自古流传："小隐隐于野，中隐隐于市，大隐隐于朝。""小隐在山林，大隐于市朝"等，有才能的人希望借助周围的环境忘却世事，沉湎于桃源世外，这是指小隐。真正有能力的人却是匿于市井之中，那里才是藏龙卧虎之地，这是指中隐。只有顶尖的人才会隐身于朝廷之中，他们虽处于喧嚣的时政中心，却能大智若愚、淡然处之，这才是真正的道家隐者。那些所谓的隐士，看破红尘隐居于山林，只是形式上的"隐"而已，而真正达到物我两忘的心境，反而是能在世俗的市朝中排除嘈杂的干扰，自得其乐，因此他们隐居于市朝，才是心灵上真正的升华，体现了高深的道家思想。

阳明先生来滁州，听说这件事，心内嘉许。姚瑛也一反常例登门拜望王阳明，并邀请王阳明光临姚府，两人交谈甚为默契。姚瑛信奉阳明心学，阳明十分欣赏姚瑛的高古隐者情怀，临别赠诗

山西省灵石县王家孝义祠石牌坊

一首曰："滁阳姚老将，有古孝廉风。流俗无知者，藏身隐市中。"姚瑛躬身长揖，深表忱谢。知道这首诗的人并不多，王阳明当时的滁州弟子孟津，于嘉靖三十六年（1557）编辑记载先师语录的《良知同然录》时，将这首诗编了进去。此后，戴瑞卿等后人主编的《滁阳志》中也录入了这首诗。

王阳明从宣扬天理良知出发，历来重视地方的民风教化。滁州不仅山清水秀，而且民淳士直，社风淳朴。古城内有一户人家

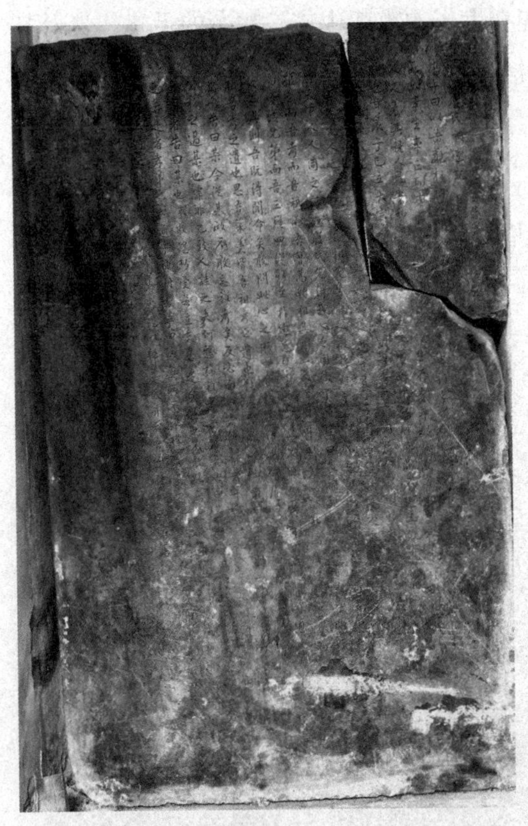

王阳明表彰的卢氏家族，湛若水撰文、文徵明书丹、梁元寿镌刻《卢氏祠堂记》碑

六世同居，耕读传家，代代孝友仁义，户主名卢守益，号芝庵，由庠生入监，授官为浙江富阳主簿，因景仰阳明心学，提前致仕归里主其家，极尽孝友，公允无私。卢氏六代同居，百数十口同灶饮食。家风淳正，相处和睦，方圆百里传为美谈。官府为倡民风，上奏为卢氏建牌坊，奉旨旌表卢门孝义，立牌坊曰：“六世同居卢守益尚义之门。”王阳明来到滁州，听说卢家事迹，亲自到卢门访问，极为赞赏卢氏孝行，为之题撰匾额。阳明好友湛若水到滁州相会，王阳明又向湛若水介绍了卢氏。阳明逝后，卢守益遂拜于湛若水门下。嘉靖三十三年（1554），卢守益不远千里，行至广东增城，拜请湛若水为其撰《卢氏祠堂记》，年已 89 岁的湛翁欣然应约作文。文中赞扬了卢氏家族慎终追远、敬祖孝悌的德行。推而广之，士农工商尽职守业，皆以敬祖孝悌为本，四海之内心同此理。卢守益与同时代的书法家文徵明也是好友，当年文徵明游学滁州，曾经过访卢氏祠堂。湛若水撰写《滁阳卢氏祠堂记》以后，应卢守益之请，文徵明欣然应允挥毫书丹，由长洲名匠梁元寿镌刻于石。此块刻石，至今仍存滁州一民户胡某家中。嘉靖中后期，阳明后学另一位理学大家、江西人罗洪先（与滁州乡贤胡松同年进士）来到滁州讲学，也慕名走访卢氏家族，为卢氏祠堂撰写了楹联。

第六章 ‖ 殷殷山水情

唐宋以降，滁州以特有的青山秀水和淳朴民风，吸引了一代又一代名宦文客，韦应物吟咏的“西涧春潮”首先将滁州山水风光推荐给世人，接着，欧阳修又在琅琊山水中敞开了“与民同乐”的醉翁情怀。斗转星移，岁月沧桑，山林间的亭台楼阁虽然屡废屡修，而青山依旧在，流水不绝音。到王阳明来到之时，滁阳山光水色再一次打动这位思想家的心灵。每日公余学后，阳明先生步出太仆寺署前门后苑，观两条山溪环绕流淌，循古木参天的山路可以登上大丰山顶，沿山腰西行三里，就是名闻遐迩的醉翁亭让泉，出寺署北行不到三里，就是“春潮带雨，野渡横舟”的西涧水滨。再策马南驰，琅琊、龙蟠山转峰回。徜徉在这样的山水怀抱中，时光物候如行云流水般更替，王阳明领略了晚秋红叶、三冬瑞雪、春阳飞花和清夏的和风。他的感触和情思悠然融化在山岩、流泉、飞鸟、深树丛中。他吟咏的一首又一首表达心声的诗作，与韦欧寄寓山水、系民忧乐的诗歌相比，更多了些许哲思的意境，写景状物之间，隐藏着一位划时代的心学大儒与天地远古衔接的山水情怀。

一、大雪登山望

正德八年秋天到冬天，连续百日夹秋旱连着冬旱，王阳明到滁州一个多月也没见着一丝雨。农民种下的麦子迟迟不见出苗，庄稼人忧心忡忡，在盼望雨雪的情绪中迎来了春节。王阳明也默默地为之祈祷。天如人愿，正月初二，纷纷扬扬的雪花飘落下来，渐渐覆盖了田野农舍，初三初四雪越下越大，琅琊山变成了冰雪世界。好一场瑞雪！黎民百姓高兴，王阳明和同僚们一大早就兴高采烈地站立寺署栖云楼上观雪，又邀集同人文森及诸弟子登上龙潭之上的梧桐冈观雪。只见风雪飞舞，水瘦山朦，漫山的冰花玉树晶莹剔透，令人眼花缭乱。山中的琅琊寺红墙黑瓦犹如琼楼玉宇与皑皑雪峰交相辉映，好一片琉璃世界、冰雪风光。

初五，大雪停了，天气放晴。王阳明又率诸僚友门人登上琅琊山，再登上太仆寺西岭上的大丰山峰顶，放眼望去，茫茫群峰

琅琊雪景

银装素裹，分外妖娆。遥望东南金陵一片银白，北望中都方向，凤阳山玉宇琼装，冰雪世界令人心旷。王阳明喜出望外，情不自禁地赞叹：可喜可喜，是雪之被广矣！一行28人兴致盎然沿着山路赏雪观景，经日观亭、过探月洞，在了了堂小憩，随后背着酒壶来到庶子泉边畅饮，好雪景好心情，直到夕阳西下，众人醉意阑珊，欣然有得，一路咏歌而归。这场大雪为广袤的江淮大地山山水水增添了无穷生机，雪润万物，春风化雨，草木复苏，山野中生命勃发，泉鸣鸟唱。师生的心境如同孔子与曾点等弟子沐浴沂水之风一样淡然爽朗。转眼间二月过去，惠风和畅，春满山川，王阳明得意门生徐爱、御史张俅等人也来到滁州。三月丁亥日，王阳明率诸学友等再上琅琊山游历观景，并在明月观前的摩崖上刻石，记下雪后登琅琊观诸景的情况，王阳明亲自题撰：

正德癸酉冬旱，滁人惶惶。乃正月乙丑，雪；丁卯，大雪。太仆少卿白湾文宗严森与阳明子王守仁同登龙潭之峰以望，再明日霁，又登琅琊之峰以望；又登丰山之峰以望，见金陵、凤阳诸山皆白，喜是雪之被广矣！回临日观，探月洞，憩了了堂，风日融丽，泉潏鸟嘤，意兴殊适。门人蔡宗兖、朱节辈二十有八人，壶榼继至，遂下，饮庶子泉上。及暮，既醉，皆充然有得，相与盥濯、咏歌而归，庶几浴沂之风焉！后三月丁亥，御史张俅、行人李校、员外（郎）徐爱、寺丞单麟复同游，始刻石以纪。余姚王守仁伯安题。

（明万历《南滁会景编》增刻本卷八《琅琊山诗集》）

文中提到金陵、凤阳诸山，滁州距金陵（南京）五十公里，北距中都凤阳百余公里，大别山江淮分水岭余脉进入滁境，东南伸向全椒，东北延伸至凤阳、嘉山，中支走向琅琊，丰山是琅琊最高峰，天气晴好之日，登顶可南眺长江，西北望关山、皇甫，远及凤阳群峰。王阳明十多年前去过凤阳，弘治十四年八月，奉命往直隶、淮安、凤阳府等地审决囚案，九月至凤阳府，登上恢弘巍峨的中都鼓楼（谯楼），作诗感怀。文中所提及日观亭、探月洞、了了堂，均为琅琊山中景观，

王阳明携门人雪后登琅琊观诸景《琅琊题名》刻石，当年应位于琅琊山寺附近，历经五百年变迁，今已不见踪迹。明代赵志皋《皆空亭记》载：万历十一年（1583）癸未秋，也就是刻石七十年以后，南京太仆寺寺丞赵志皋同寺卿毛纲、少卿尹瑾游琅琊寺，“坐方丈，茶话罢，步寺南白龙池，观阳明先生偕诸弟子游所记石”[①]。此记石即王守仁《琅琊题名》，这一记载指出“题名”在白龙池附近。白龙池由白龙泉泉水汇聚成池，位于琅琊寺佛殿旁边。明万历《滁阳志》载：“白龙泉，在琅琊山开化寺佛殿侧。”白龙泉侧有赵志皋所建皆空亭[②]。琅琊寺南又有白龙池。王守仁题名或在白龙池周围的摩崖上题刻。只是琅琊寺经过明清几次废兴以及民国早期的重修，佛殿方位和附近地理环境已经变迁，刻石也许被自然掩埋，也许遭人为损毁。但琅琊寺周边宋明石刻尚存历历，按理说阳明石刻不应湮灭，当代阳明研究者尚在努力探寻。

正德九年正月这连续几场大雪，给王阳明印象极深，他先后

---

① 《南滁会景编》第三册“琅琊诸名胜文集”，黄山书社 2016 年版，第 278 页。

② 《南滁会景编》第三册卷首《琅琊寺图》，黄山书社 2016 年版，第 16 页。

有过多首诗词记述。

栖云楼坐雪二首

其一

绕看庭树玉森森，忽漫阶除已许深。
但得诸生通夕坐，不妨老子半酣吟。

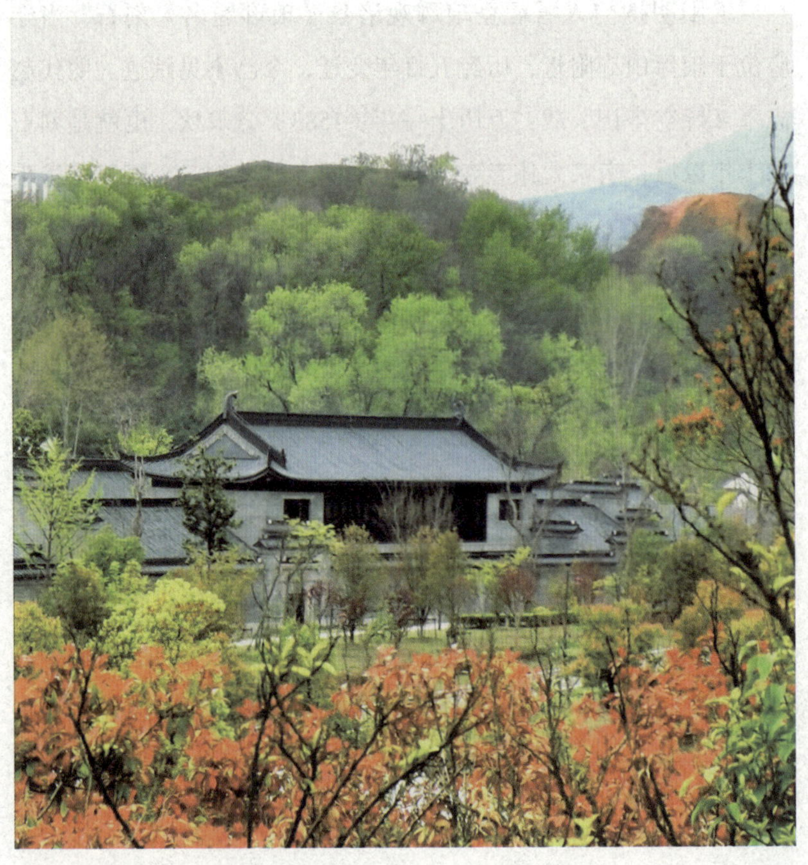

太仆寺后栖云楼

琼花入座能欺酒；冰溜垂檐欲堕针。
却忆征南诸将士，未禁寒夜铁衣沉。

栖云楼乃太仆寺正堂之后楼，为太仆寺群房中最高的建筑，弘治十七年太仆寺卿陈璧（字瑞卿）所建。为休憩登临之所，登斯楼可俯瞰全寺及周边山景。王阳明时常与僚友登楼观景、抚琴、吟咏。正月初二春夜大雪，王阳明诸弟子在栖云楼静坐。纷纷扬扬的雪花深深没过了寺署的廊前台阶，阳明欣喜这场春雪解旱，庭前冰雪催来他的诗情酒兴。转念又牵挂南征的将士，在这冰天雪地的严寒中枕戈待旦。虽置身在琅琊胜境，却难除忧国忧民之心。接着，又借写栖云楼雪景，抒发胸怀的天意天机。吟道；

此日栖云楼上雪，不知天意为谁深。
忽然夜半一言觉，又动人间万古吟。
玉树有花难结果，天机无线可通针。
晓来不觉城头鼓，老懒羲皇睡正沉。

这一年春节过后，弟子德观回乡省亲，王阳明写诗《送德观归省二首》，诗中吟雪景抒情。

其一

雪里闭门十日坐，开门一笑忽青天。
茅檐正好负暄日，客子胡为思故园?
椿树惯经霜雪老，梅花偏向岁寒妍。

琅琊春色如相忆，好放山阴月下船。

其二

琅琊雪是故园雪，故园春亦琅琊春。
天机动处即生意，世事到头还俗尘。
立雪浴沂传故事，吟风弄月是何人？
到家好谢二三子，莫向长沮错问津。

王阳明向弟子抒发了珍惜琅琊春色的情感，滁州就像故乡一样美好。他在诗中连续借用了程门立雪、孔子与弟子春风浴沂、孔子使子路向长沮问津等典故，教导弟子心诚率真，超凡脱俗，才能领会大自然的无穷奥妙；只要辨明正确的求道之途，意志持恒，不论在何处，都能明天理，致良知。

弟子和僚友纷纷唱和先生的咏雪诗，滁州弟子朱勋随王守仁雪后游琅琊山，次先生诗韵，作了一首《阳明先生雪中登琅琊山从游次韵》诗[①]：

爱山豪兴雪中增，立雪迎风旧有曾。
落地琼花浑灿烂，漫天柳絮乱飞腾。
鸟投林树迷云暗，马渡溪桥怯冻凝。
莫厌冲寒登绝顶，晴郊游衍是人能。

① 《南滁会景编》癸巳本卷八“琅琊山诗集”，1997年版第1385页。

二、滁水亦沂水

滁州是一块山水相依之地。三国至隋，滁州因滁水而得名。王阳明在滁州短短六个多月时间里，无限喜爱这一片山水之境，舒展着“滁水亦沂水”“滁山与我最多情”的超脱心境，与其门人及滁州弟子建立了深情厚谊。

王阳明在滁州度过了深秋和冬天，春天很快就来临了。“琅琊雪是故园雪，故园春亦琅琊春。”春天的琅琊山，从丰山脚下到醉翁亭畔，冰雪化作春水，在山涧小溪欢快地流淌。西山之水千万条支流汇集，流向东南的清流河，汇入滁河，然后奔腾入长江。春天的琅琊山，山峦叠翠，百花争艳，迎春花、杏花、桃花、玉兰、绣球、牡丹、蔷薇、芍药、樱花、丁香和林间幽谷许多不知名的野花，相继盛开，团团簇簇，清香沁人心脾。朝雾夕霭，云烟缭绕；泉溪喧哗，百鸟争鸣，呈现一幅幅天然美丽的画卷。王阳明与弟子们行走在春天的山间小路上，盘坐在淙淙流淌的让泉山石旁，仰望高天流云，抚爱林间花草，玩石戏水，摩挲碑崖。思

滁水之畔

古哲诸子本意，发今人纷纭之见，听先生点睛之语，遂成传习之录。

阳明先生诗兴大发:“滁水亦沂水，童冠得几人。莫负咏归兴，溪山正暮春。”怡然自得的超脱之情，喜乐自得的情景，岂不正是孔子高徒曾点所追求的“风沂兴”境界吗？王阳明遥想孔子与高徒们在沂水边论志的情景，无限心向往之。

时光回溯到两千年前的春秋时期，四月的鲁国沂水之畔，风和日朗，水波荡漾。孔子为弟子讲完课程，与留下的四位弟子在河边玩赏春光，老师看着波流涌动的春水，问学生将来各自有什么打算。子路、冉有、公西华三人或慷慨陈词，或谦谦而语，表达自己“治国平天下”的志向。孔子未置可否，却把目光转向正在鼓瑟的曾点（曾点名皙，曾参的父亲），曾点不慌不忙地停下弹奏，恬淡而从容地回答：“暮春者，春服既成，冠者五六人、童子六七人，浴乎沂，风乎舞雩，咏而归！”孔子微笑着向曾点颔首，喟然叹曰：“吾与点也！”曾点想的和我一样啊！曾点的回答勾勒了一幅春风被物、政和民安、自得其乐，歌咏而祭、万物各得其所的图画，这正符合孔子太平社会的理想，以“礼乐治国”来达到行仁复礼、君臣有序，个人内心自由而充盈的大同社会。富于修养而安于雅静的曾点，道出了君子追求理想的人生憧憬，从政行道的根本目的，就在于建立安定有序、人人向善，生活祥和快乐的大同世界。千秋日月轮替，江山治乱兴废，孔子身后一代又一代有作为的君子士大夫们，心中都装着这个理想，并为之苦苦探索。五百年前的欧阳修贬官到滁州，小邦为政，抒发出“与民同乐”的心声。如今王阳明在这淳朴清新的滁阳山水之间，以恬淡悠远的情怀，抒发心学之真谛，企图拯救迷乱的世道人心，实现修齐治平的社会人生。他与孔子、曾点之理想，虽相距千年，却相融无间。

三、山水寄诗心

王阳明一生作了数百首诗，而在滁州就有四十余首。王阳明全集中收录了三十六首，后人发现佚诗四首。滁州的山水风情引发了他的诗兴，王阳明因身处浊世而倍感大自然的亲切、美好，更迫切地想表现这种热爱之情。王阳明天生喜爱山水，他所作诗篇均有感而发，情真意切。游学于琅琊山之时，曾作《琅琊山中》三首、《梧桐冈用韵》《夜坐龙潭》《山中示诸生》五首等诗，从中，我们能深刻地体会到王阳明对于自然风光的依恋之情，对琅琊山水的钟爱，对自由、惬意生活的向往，对千年圣学的感叹和对致良知的执着。

如《夜坐龙潭》表现了月夜、清溪、山鸟、松涛下诗人的幽雅情操和高洁境界，“临流欲写猗兰意，江南江北无限情”。

《山中示诸生》揭示出了心学的宗旨：

路绝春山久废寻，野人扶病强登临。
同游仙侣须乘兴，共探花源莫厌深。
鸣鸟游丝俱自得，闲云流水亦何心？
从前却恨牵文句，辗转支离叹陆沉！

（《王文成公全书》卷二十“滁州诗”）

王阳明认为，自然环境不仅有益于自悟，也有益于领悟圣人的思想。

在王阳明的滁州诗中，有一部分是赠弟子或友人的离别诗。王阳明在诗中常常借用自然景物，阐明自己的哲学思想，启发弟子要深刻领悟“心即理”的真谛。

弟子朱节，字守中，号白浦，山阴白洋人氏。早年拜王阳明为师，此间又专程赶来滁州求学。在他返乡之际，王阳明作《送守中至龙盘山中》诗相赠，以酬师徒厚谊[①]。

未尽师生六日情，天教风雪阻西行。
茅堂岂有春风坐，江郭虚留一月程。
客邸琴书灯火静，故园风竹梦魂清。
何年稳闭阳明洞，榾柮山炉煮石羹。

王阳明还借此表达了思乡之情和隐世的心结，期望何时能够专注于圣学研究。

高足冀元亨，字惟乾，随王阳明来到滁州。在他将要返乡之际，王阳明作《送惟乾》二首相赠。在诗中，王阳明先忆起与冀元亨多年的交往之情，接着又畅想了弟子归途的景致。其中，“本来无物若为酬”一句既表达了对弟子远来求学的感动，又流露出自谦之意。

正德八年冬，高足蔡希渊进京参加科考途经滁州，特来拜访王阳明。在此期间，他为王阳明的思想所折服，随即决定放弃考

① 《王文成公全书》卷二十，第 870 页。

试，继续跟从先生学习。王阳明与蔡希渊同游琅琊山时，曾多次论道。正因如此，蔡希渊最终得以领悟圣人之道。在爱徒即将离去之时，王阳明特作《送蔡希渊》三首相赠，赞扬了他不流于世俗的高尚人格。同时还描写了师徒游学山中的情景，以及悟道论道的种种乐趣。

其一

之子眇万钟，就我滁水滨。野寺同游请，春山共攀援。
鸟鸣幽谷曙，伐木西涧曛。清夜湛玄思，晴窗玩奇文。
寂景赏新悟，微言欣有闻。寥寥绝代下，此意冀可论。

在第三首诗中，王阳明写道：“悟后‘六经’无一字，静余孤月湛虚明。”“六经”不过是领悟圣人之道的手段而已，当悟道后，思想就会变得清晰明了，恰如清静、皎洁的月光一样。

弟子郑伯兴（湖南省鹿门山人）返乡之时，王阳明作诗《郑伯兴谢病还鹿门雪夜过别赋赠三首》相赠。在第一、二首诗的开

青山秀水发春华

头，王阳明写道：

> 圣路塞已久，千载无复寻。岂无群儒迹？蹊径榛茆深。
> 浚流须寻源，积土成高岑。揽衣望远道，请君从此征。

“浚流须有源，植木须有根。根源未浚植，枝派宁先蕃？”[①]为弟子讲解“培根说”的主旨。寓哲理于诗中，告诫弟子去寻圣学本源，切勿弃根本而求枝叶。

弟子王嘉秀、萧琦离开滁州返乡时，王阳明写诗《门人王嘉秀实夫、萧琦子玉告归，书此见别意，兼寄声辰阳诸贤》相赠别。王嘉秀，字实夫，湖南沅陵人。王阳明在滁州，王嘉秀前来师从。嘉秀爱好佛道的养生说，画技过人。萧琦，字子玉，爱好禅理。因为有些人将王阳明所教“静坐悟入”错误地理解成“坐禅入定”。在诗中，王阳明指出自己的心学与佛教、道教之间的区别，强调学圣应以简练、平实为本，要通过实践磨炼来悟道[②]。

> 王生兼养生，萧生颇慕禅。迢迢数千里，拜我滁山前。
> 吾道既匪佛，吾学亦匪仙。坦然由简易，日用匪深玄。
> 譬彼土中镜，暗暗光内全。外但去昏翳，精明烛媸妍。

这里，王阳明一方面说明自己对学生能兼收并蓄，另一方面

---

① 《王文成公全书》卷二十，第875~876页。

② 同上。

则标榜自己学说如光照的铜镜，照出心相，不像程朱教条沿袭的“世学”那样支离无根原。于是，他进一步向弟子阐明：“所以君子学，布种培根原。萌芽渐舒发，畅茂皆由天。”

王嘉秀善作画，王阳明有《题王实夫画》。王嘉秀画的是湘沅虎溪之景，引起了王阳明对当年在沅陵活动的回忆。诗中写道：“随处山泉着草庐，底须松竹掩柴扉；天涯游子何曾出，画里孤帆未是归。小西诸峰开夕照，虎溪春寺人烟霏；他年还向辰阳望，却忆题诗在翠微。”辰溪山水与琅琊山水在王阳明心中情同一理。

四、乌衣惜离别

正德九年（1514）四月二十一日，王阳明被朝廷任命为南京鸿胪寺卿。

明代实行两京制，自永乐迁都北京以后，南京称为留都，又称南都，同时保留南京的一套中央机构，如南京太仆寺、北京太仆寺分疆治南北马政。鸿胪寺，官署名。汉武帝时已设鸿胪，本为大声传赞、引导仪节之意。北齐时置鸿胪寺，后代沿置。南宋金元不设，明清复置。洪武三十年（1397）设鸿胪寺，为正四品衙门，主官为鸿胪寺卿，主要掌管朝会仪节、四夷朝贡接待等职能。南京鸿胪寺业务显然要比北京鸿胪寺清闲许多，但对王阳明来说，是由部门副职升为正职。尽管在清净简朴与奢华喧嚣之间，王阳明更倾向于前者，但南京是一片更开阔的平台，此后不久，还有更重要的历史使命，降临到他的肩上。

农历四月下旬的滁州已经进入夏季，二十天前是立夏节令，阳明和太仆寺的僚友们漫步行至城南郊外，举行了一个简朴的迎夏仪式。农人们顶着骄阳、驾着耕牛在田间耕耘、插播，青壮男妇秧歌声此起彼伏。看着眼前一派田园风光，王阳明心想，滁州山清水秀，四时之景不同，民风淳朴，乐岁丰成，真是一处好地方啊！若能在这里长久事奉闲职，授徒讲学，那也心甘情愿！

然而，朝廷没有忘记王阳明，朝中谏官们不时地推荐这位文武双全的干才。

于是朝廷升任王阳明为南京鸿胪寺卿，这是一个朝廷掌管朝会仪节、四夷来贡、宴劳给赐、迎来送往等事宜的官职，要比太仆寺少卿繁忙。但毕竟又升职半级，为下一步的重用作准备。使臣送来任命圣旨，王阳明当天夜晚在太仆寺寓所里难以入眠，他回顾半年来在滁州的日日夜夜，对滁州山水、滁州父老和从学弟子充满了留念之情，更对自己的心境有了新的体悟：弟子们明白

王阳明走过的乌衣老街

乌衣古渡口浮桥

了良知与知行的道理，如何更深入地顺理成章，让心学体系从朱陆之学中独立旗帜。接着，他又想到，朝廷内外的风云诡谲，边烽内患此起彼伏，用心学理论指导实践尚任重道远。

从王阳明上奏朝廷的《给由疏》中可知，正德九年四月二十五日，王阳明离开滁州前往南京赴任。按照公历推算，农历四月二十五日，应当是1514年5月29日。

初夏的季节，阳光朗照，和风扑面，草木葳蕤，繁花竞放，清流河水静静地流淌。滁州地方官绅学人、太仆寺僚友纷纷出城为王阳明送行，杨柳依依，车马络绎。通过南城外的滁阳驿站，前面就是通衢古道。王阳明往来于滁州与南京的这条驿道，即是明代的“京京驿道”，途经乌衣，抵达江浦，然后渡江。众弟子们将王阳明一直送到滁城东南三十里的乌衣镇，从老街西头的古道进入一家客栈，置酒话别。先生与弟子互道珍重，难舍难分。王阳明作《滁阳别诸友》，诗序曰："滁阳诸友从游，送予至乌衣，不能别。及暮，王性甫汝德诸友送至江浦，必留居，俟予渡江。因书此促之归，并寄诸贤，庶几共进此学，以慰离索耳[①]。"

滁之水，入江流，江潮日复来滁州。
相思若潮水，来往何时休？
空相思，亦何益？欲慰相思情，不如崇令德。
掘地见泉水，随处无弗得；
何必驱驰为？千里远相即。
君不见尧羹与舜墙，又不见孔与跖对面不相识？
逆旅主人多殷勤，出门转盼成路人。

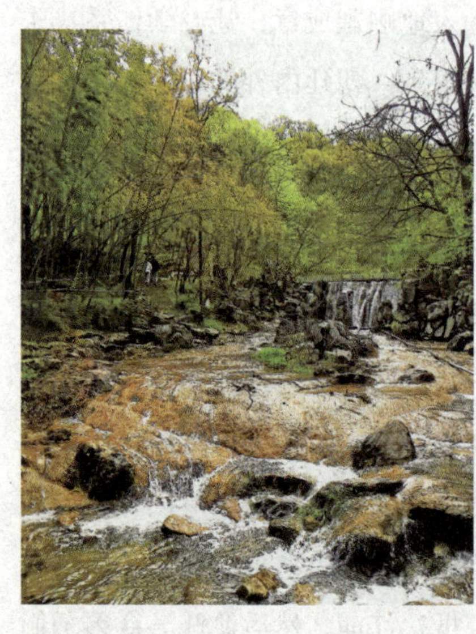
琅琊溪

王阳明用扬子江潮形容师生间的思念之情。但他又理智地开导弟子们，寻求明德，才是慰藉思念之情的良方，明德存在于任何地方，并不需要四处奔波寻找。天道，即人们固有的明德。接着，他又以尧舜与孔跖的典故，说明无论身居何处，即使千里之外，道同则心通，否

① 《王文成公全书》卷二十，第876页。

则，面对面也如同陌路。

到南京任职期间，先生仍然心念滁阳，慨叹“诸生之在滁者，吾心未尝一日而忘之”。孟源从南京回滁州，王阳明特地写了一封书信托孟源带回，信曰：

诸生之在滁者，吾心未尝一日而忘之。然而阔焉无一字之往，非简也，不欲以世俗无益之谈徒往复为也。有志者，虽吾无一字，固朝夕如面也。其无志者，盖对面千里，况千里之外盈尺之牍乎！孟生归，聊寓此于有志者，然不尽列名，且为无志者讳，其因是而尚能兴起也。[①]

——《与滁阳诸生书并问答语》

时光荏苒，转瞬间过去一年多，在滁州从学的许多学生又跟随先生到了南京，王阳明继续传习之前在琅琊山下的功课。正德十一年（1516），朝廷又下任命，派王阳明前去赣南平寇。远征之前，王阳明思及滁州山水和滁州的学子友朋，情不自禁地展纸挥毫，写下《寄滁阳诸生》两首诗，寄托了他对滁州的一片深情[②]。

其一

一别滁山便两年，
梦魂常是到山前。

① 《王文成公全书》卷二十六，第 1130 页。

② 参见孟津《良知同然录》上册。

依稀山路还如旧，
只奈迷茫草树烟。

其二

归去滁山好寄声，
滁山与我最多情。
而今山下诸溪水，
还有当时几派清。

此诗由孟源从南都归滁时，传至滁阳诸生，孟津遂记下，后编入《良知同然录》。

附：王阳明滁州诗

梧桐冈用韵[①]

凤鸟久不至，梧桐生高冈。
我来竟日坐，清阴洒衣裳。
援琴俯流水，调短意苦长。
遗音满空谷，随风递悠扬。
人生贵自得，外慕非所臧。
颜子岂忘世？仲尼固遑遑。
已矣复何事，吾道归沧浪。

① 《王文成公全书》等载原诗题为“梧桐江用韵”，乃误“冈”为“江”，《南滁会景编》题为“坐龙潭梧桐冈用韵”

林间睡起

林间尽日扫花眠，只是官闲愧俸钱。
门径不妨春草合，齐居长对晚山妍。
每疑方朔非真隐，始信扬雄误太玄。
混世亦能随地得，野情终是爱邱园。

赠熊彰归

门径荒凉蔓草生，相求深愧远来情。
千年绝学蒙尘土，何处澄江无月明？
坐看远山凝暮色，忽惊废叶起秋声。
归途望岳多幽兴，为问山田待耦耕。

别易仲

辰州刘易仲从予滁阳，一日问：“道可言乎？”予曰：“哑子吃苦瓜，与你说不得。尔要知我苦，还须你自吃。”易仲省然有悟。久之辞归，别以诗。

迢递滁山春，子行亦何远。
累然良苦心，悄恍不遑饭。
至道不外得，一悟失群暗。
秋风洞庭波，游子归已晚。
结兰意方勤，寸草心先断。
末学久仳离，颓波竟谁挽？
归哉念流光，一逝不复返。

送守中至龙盘山中

未尽师生六日情，天教风雪阻西行。
茅堂岂有春风坐，江郭虚留一月程。
客邸琴书灯火静，故园风竹梦魂清。
何年稳闭阳明洞，榾柮山炉煮石羹。

龙蟠山中用韵

无奈青山处处情，村沽日日办山行。
真惭廪食虚官守，只把山游作课程。
谷口乱云随骑远，林间飞雪点衣轻。
长思淡泊还真性，世味年来久絮羹。

琅琊山中三首

其一

草堂寄放琅琊间，溪鹿岩僧且共闲。
冰雪能回草木死，春风不化山石顽。
六经散地莫收拾，丛棘被道谁刊删？
已矣驱驰二三子，凤图不出吾将还。

其二

狂歌莫笑酒杯增，异境人间得未曾。
绝壁倒翻银海浪，远山真作玉龙腾。
浮云野思春前动，虚室清香静后凝。
懒拙惟余林壑计，伐檀长自愧无能。

其三

风景山中雪后增，看山雪后亦谁曾？
隔溪岩犬迎人吠，饮涧飞猱踔树腾。
归骑林间灯火动，鸣钟谷口暮光凝。
尘踪正自韬笼在，一宿云房尚未能。

答朱汝德用韵

东去蓬瀛合有津，若为风雨动经旬。
同来海岸登舟在，俱是尘寰欲渡人。
弱水洪涛非世险，长年三老定谁真。
青鸾眇眇无消息，怅望烟花又暮春。

送惟乾二首

其一

独见长年思避地，相从千里欲移家。
惭予岂有万间庇？借尔刚余一席沙。
古洞幽期攀桂树，春溪归路问桃花。
故人劳念还相慰，回雁新秋寄彩霞。

其二

簦芨连年愧远求，本来无物若为酬。
春城驿路聊相送，夜雪空山且复留。
江浦云开庐岳曙，洞庭湖阔九疑浮。
悬知再鼓潇湘柁，应是芙蓉湘水秋。

别希颜二首

其一

中岁幽期亦几人，是谁长负故山春？
道情暗与物情化，世味争如酒味醇。
耶水云门空旧隐，青鞋布袜定何晨？
童心如故容颜改，惭愧年年草木新。

其二

后会难期别未轻，莫辞行李滞江城。
且留南国春山兴，共听西堂夜雨声。
归路终知云外去，晴湖想见镜中行。
为寻洞里幽栖处，还有峰头双鹤鸣。

山中示诸生五首[①]

其一

路绝春山久废寻，野人扶病强登临。
同游仙侣须乘兴，共探花源莫厌深。
鸣鸟游丝俱自得，闲云流水亦何心？
从前却恨牵文句，展转支离叹陆沉！[②]

其二

滁流亦沂水，童冠得几人？
莫负咏归兴，溪山正暮春。

---

① 此第一首为七言，与后四首五言不合，《南滁会景编》卷八“琅琊山诗”中，第一首诗题为《琅琊山中书示从游者》，后四首题为《坐龙潭溪边四绝》。

② 《南滁会景编》尾联作“却怜疾首灯窗下，辗转支离叹陆沉”。

其三

桃源在何许？西峰最深处。

不用问渔人，沿溪踏花去。

其四

池上偶然到，红花间白花。

小亭闲可坐，不必问谁家。

其五

溪边坐流水，水流心共闲。

不知山月上，松影落衣斑。

龙潭夜坐

何处花香入夜清？石林茅屋隔溪声。

幽人月出每孤往，栖鸟山空时一鸣。

草露不辞芒履湿，松风偏与葛衣轻。

临流欲写猗兰意，江北江南无限情。

送德观归省二首

其一

雪里闭门十日坐，开门一笑忽青天。

茅檐正好负暄日，客子胡为思故园？

椿树惯经霜雪老，梅花偏向岁寒妍。

琅琊春色如相忆，好放山阴月下船。

其二

琅琊雪是故园雪，故园春亦琅琊春。

天机动处即生意，世事到头还俗尘。
立雪浴沂传故事，吟风弄月是何人？
到家好谢二三子，莫向长沮错问津。

送蔡希颜三首

正德癸酉冬，希渊赴南宫试，访予滁阳，遂留阅岁。既而东归，问其故，辞以疾。希渊与予论学琅琊之间，于斯道既释然矣，别之以诗。

其一

风雪蔽旷野，百鸟冻不翻。
孤鸿亦何事，叫叫溯寒云？
岂伊稻粱计，独往求其群？
之子眇万钟，就我滁水滨。
野寺同游请，春山共攀援。
鸟鸣幽谷曙，伐木西涧曛。
清夜湛玄思，晴窗玩奇文。
寂景赏新悟，微言欣有闻。
寥寥绝代下，此意冀可论。

其二

群鸟喧北林，黄鹄独南逝。
北林岂无枝？罗弋苦难避。
之子丹霞姿，辞我云门去。
山空响流泉，路僻迷深树。
长谷何盘纡，紫芝春可茹。

求志暂栖岩，避喧宁遁世。
系予辱风尘，送子愧云雾。
匡时已无术，希圣徒有慕。
倘入阳明峰，为寻旧栖处。

其三

何事憧憧南北行，望云依阙两关情。
风尘暂息滁阳驾，鸥鹭还寻鉴水盟。
悟后六经无一字，静余孤月湛虚明。
从知归路多相忆，伐木山山春鸟鸣。

赠守中北行二首

其一

江北梅花雪易残，山窗一树自家看。
临行掇赠聊数颗，珍重清香是岁寒。

其二

来何匆促去何迟，来去何心莫漫疑。
不为高堂双雪鬓，岁寒宁受北风欺。

郑伯兴谢病还鹿门，雪夜过别，赋赠三首

其一

之子将去远，雪夜来相寻。
秉烛耿无寐，怜此岁寒心。
岁寒岂徒尔，何以赠远行？
圣路塞已久，千载无复寻。

岂无群儒迹？蹊径榛茆深。
浚流须寻源，积土成高岑。
揽衣望远道，请君从此征。

其二

浚流须有源，植木须有根。
根源未浚植，枝派宁先蕃？
谓胜通夕话，义利分毫间。
至理匪外得，譬犹镜本明。
外尘荡瑕垢，镜体自寂然。
孔训示克己，孟子垂反身。
明明贤圣训，请君勿与谖。

其三

鹿门在何许？君今鹿门去。
千载庞德公，犹存栖隐处。
洁身匪乱伦，其次乃避地。
世人失其心，顾瞻多外慕。
安宅舍弗居，狂驰惊奔骛。
高言诋独善，文非遂巧智。
琐琐功利儒，宁复知此意！

门人王嘉秀实夫、萧琦子玉告归，书此见别意，兼寄声辰阳诸贤

王生兼养生，萧生颇慕禅。

迢迢数千里，拜我滁山前。
吾道既匪佛，吾学亦匪仙。
坦然由简易，日用匪深玄。
始闻半疑信，既乃心豁然。
譬彼土中镜，暗暗光内全。
外但去昏翳，精明烛媸妍。
世学如剪彩，妆缀事蔓延。
宛宛具枝叶，生理终无缘。
所以君子学，布种培根原。
萌芽渐舒发，畅茂皆由天。
秋风动归思，共鼓湘江船。
湘中富英彦，往往多及门。
临歧缀斯语，因之寄拳拳。

滁阳别诸友

滁阳诸友从游，送予至乌衣，不能别。及暮，王性甫、汝德诸友送至江浦，必留居，俟予渡江。因书此促之归，并寄诸贤，庶几共进此学，以慰离索耳。

滁之水，入江流，江潮日复来滁州。
相思若潮水，来往何时休？
空相思，亦何益？欲慰相思情，不如崇令德。
掘地见泉水，随处无弗得。
何必驱驰为，千里远相即。
君不见尧羹与舜墙，

又不见孔与跖，对面不相识？
逆旅主人多殷勤，出门转盼成路人。

寄浮峰诗社

晚凉庭院坐新秋，微月初生亦满楼。
千里故人谁命驾，百年多病有孤舟。
风霜草木惊时态，砧杵关河动远愁。
饮水曲肱吾自乐，茆堂今在越溪头。

栖云楼坐雪二首

其一

绕看庭树玉森森，忽漫阶除已许深。
但得诸生通夕坐，不妨老子半酣吟。
琼花入座能欺酒；冰溜垂檐欲堕针。
却忆征南诸将士，未禁寒夜铁衣沉。

其二

此日栖云楼上雪，不知天意为谁深。
忽然夜半一言觉，又动人间万古吟。
玉树有花难结果，天机无线可通针。
晓来不觉城头鼓，老懒义皇睡正沉。

与商贡士二首

其一

见说浮山麓，深林绕石溪。

何时拂衣去，三十六岩栖。

其二

见说浮山胜，心与浮山期。

三十六岩内，为选一岩奇。

诸用文归用子美韵为别[①]

一别烟云岁月深，天涯相见二毛侵。

孤帆江上亲朋意，樽酒灯前故国心。

冷雪晴林还作雨，鸟声幽谷自成吟。

饮馀莫上峰头望，烟树迷茫思不禁。

轶诗四首：

寄滁阳诸生二首[②]

其一

一别滁山便两年，梦魂常是到山前。

依稀山路还如旧，只奈迷茫草树烟。

其二

归去滁山好寄声，滁山与我最多情。

而今山下诸溪水，还有当时几派清。

---

① 《王文成公全书》《王阳明全集》误将此诗归入“南都诗”，谓“正德甲戌年四月升南京鸿胪寺卿作”，误。此诗中有句云：“冷雪晴林还作雨，鸟声幽谷自成吟。”“冷雪晴林”显然作于正德九年正月滁州大雪后，且点明滁州丰山下之“幽谷”。幽谷在丰乐亭附近，为欧阳修所发现并写入诗文。可见此诗作于滁州，参见束景南《王阳明年谱长编（二）》第738页。

② 载嘉靖三十六年孟津序刊本《良知同然录》上册。

滁州姚老将[①]

滁阳姚老将，有古孝廉风。
流俗无知者，藏身隐市中。

登谯楼[②]

千尺层栏倚碧空，下临溪谷散鸿蒙，
祖陵王气蟠龙虎，帝阙重城锁蝃蝀。
客思江南惟故国，雁飞天北碍长风。
沛歌却忆回銮日，白昼旌旗渡海东。

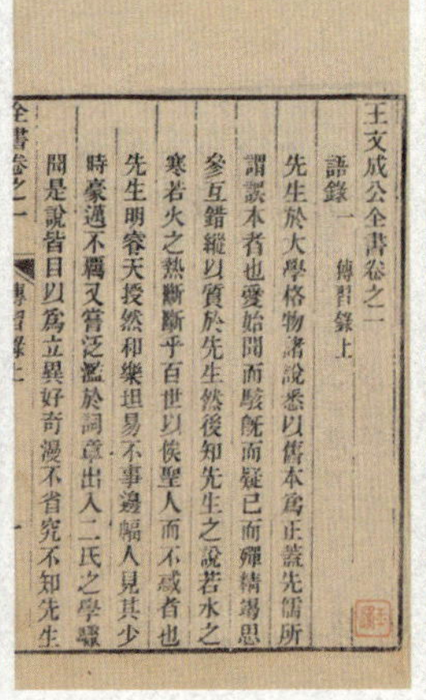

王文成公全書卷之一
語錄一　傳習錄上
先生於大學格物諸說悉以舊本爲正蓋先儒所
謂誤本者也愛始聞而駭既而疑已而殫精竭思
參互錯縱以質於先生然後知先生之說若水之
寒若火之熱斷斷乎百世以俟聖人而不惑者也
先生明睿天授然和樂坦易不事邊幅人見其少
時豪邁不羈又嘗泛濫於詞章出入二氏之學驟
聞是說皆目以爲立異好奇漫不省究不知先生
全書卷之一　傳習錄上

王文成公全書

王文成公全书书影

---

① 录自嘉靖三十六年孟津序刊本《良知同然录》上册。

② 弘治十四年八月，王阳明奉命往直隶、淮安、凤阳府等地审决重囚，九月至凤阳府，登谯楼（鼓楼），作诗感怀。载于明天启元年（1621）袁文新修编《凤阳新书》八卷八册。

第七章 ‖ 书院聚后学

正德九年，将入仲夏，王阳明告别了滁州，他撒下的心学种子在滁州土地生根开花。此后，嘉靖、万历近百年间，王门学人在滁州连绵不绝地展开活动，戚贤、孟津、孟源、朱勋、孙存等滁州亲传弟子，或在官或在乡，继承先生衣钵，始终以致良知之学为宗；胡松、周冕、王可立、石玺等官绅乡贤，虽未入王门，但却私淑阳明，也构成一个崇王群体；太仆寺卿臣和滁州地方官府信奉阳明学说的学宦，与王门后学人等相呼应，以南谯书院、阳明书院为据点，迎纳王畿、钱德洪、罗洪先以及后来的周汝登等名流，往来交会于此，大张声势，并且付诸实践事功。值得指出的是，在王阳明蒙受朝廷不公正对待之时，正直之士纷纷为阳明鸣不平。嘉靖朝尚未恢复王阳明的名誉和爵位，南京太仆寺和滁州地方官员勇为守仁立传彰功，张扬阳明学说，代表了当时的一种思潮倾向，显示了朝野伸张正义的力量。嘉靖四十三年(1564)，吴遵任南京太仆寺少卿时所作的《谒阳明先生祠二首》诗[①]，能够读出同类士人对王阳明的情有独钟。诗云：

① 《南滁会景编》第四册，黄山书社2016年版，第562页。

老大真惭北面迟，心源相契即吾师。
六经悟后无余字，千圣相传有独知。
岂为元勋悭胙土，要留公论在华夷。
宫墙琴瑟希声久，乔木深山见此祠。

惺惺元是主人翁，尽在良知未发中。
只为一言倡绝学，直从千古破群蒙。
分茅已削平夷迹，庙食谁陈继圣功。
官舍偶同祠屋近，每因桃李想春风。

隆庆元年，王阳明终于重光于天下，诏赠新建侯，谥文成，并入祀孔孟圣列。迨至明亡清续，风云变幻中思潮激荡，阳明思想的精神亮光依然在士人群体心中闪烁，滁州阳明书院在风雨飘摇中又遭兵火，屡颓屡修，一直存续到晚清。

一、精舍祭先师

王阳明自从离开滁州以后，大部分时间在戎马倥偬中度过。尽管屡立战功，政治声望不断升高，但是皇帝昏聩，权臣当道，派系争斗，不乏奸佞。王阳明遭遇了种种明枪暗箭，心路坎坷。身体也因操劳过度，加上南方瘴疠之气浸湿而日渐病颓。嘉靖元年，屡建功勋的王阳明忧愤之下，以回家养病、丁忧为由，请求辞官回归故里，得到批准。回到老家的王阳明兴办书院，讲学不辍，继续完善和传播他的思想。嘉靖六年，两广地区再次爆发少数民族起义，朝野上下又想到了闲置已久的王阳明，派他重新出山，镇压起义。不幸的是，阳明病弱已非朝夕，征途中，他的身体每况愈下，嘉靖七年十一月二十九日晨，王阳明病逝于赣南征途中。此时，距他离开滁州已经十五年了。

阳明一生的政治生涯主要是在明武宗正德朝及嘉靖朝前期展开的。武宗是个少有的荒唐皇帝。王阳明在平定宁藩叛乱前后的政治抗争中，与武宗和佞臣斗智斗勇，早已对这个昏聩的君主彻底失望。武宗驾崩，世宗入继大统，值此新旧交替之际，以权倾一时的首辅杨廷和为首的廷臣，革除武宗一朝积弊，所谓嘉靖新政不过昙花一现。短暂的新政气象，不久即被“大礼议”风波冲击殆尽。满朝文武卷入其中，并为此大打出手，廷杖、发配、入狱，闹得分崩离析，不可开交。此亦涉及阳明弟子。王阳明入嘉靖朝之初，仍遭权辅杨廷和打压，嘉靖皇帝也不待见他，去世后，朝廷给予其极不公正的对待，封爵止于其身，不予赠谥诸典，阳明之学并被禁为“伪学”“邪说”。此定论嘉靖一朝四十年间始终不曾改易，直至隆庆时方拨乱反正。阳明逝后，王门学派也逐渐分支，王学的播行出现门派各行其是的局面。当

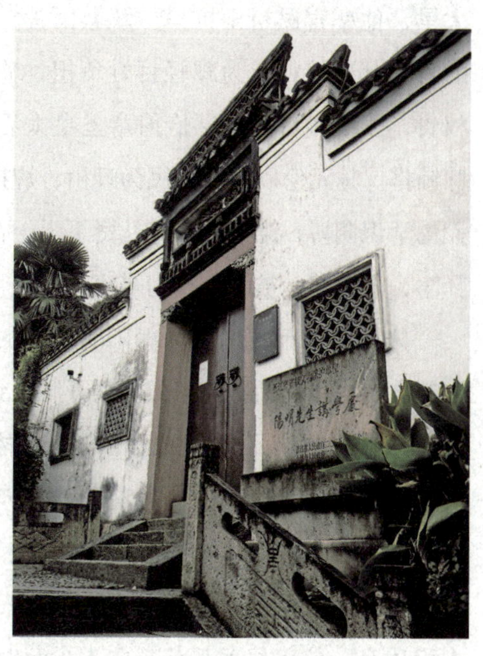

浙江省文保单位——余姚王阳明讲学处

然，王阳明挽江山于一颓的功劳实在太大，王学的影响如风生水起、势不可挡，风靡于天下，其弟子、后学不乏此间居于朝廷要津者，王阳明行迹所过之处，陆续修建祠祀、书院。

太仆寺官员和滁州人怀念崇仰王阳明，但一直没有恰当的载体和机会表现。王阳明去世八年后，嘉靖十五年（1536），先生门下士倡举，南京提学御史闻人诠与周冕等人襄赞，知州林元伦主持，在阳明讲学处立祠设祭，始建滁州阳明书院，为祠祀书院合一。

林元伦、闻人诠都是王阳明的门生。

林元伦（1487—1557）字彝卿，号颐庵，浙江临海人，七上春官不第，以乡荐入仕。嘉靖十五年（1536）任滁州知州，适逢大旱，他率官民祈雨抗旱，解救民荒。当时，南来北往路经滁州的官差都要接待，为减轻百姓负担，节省地方开支，他不怕得罪权贵，压缩接待标准。恰值章圣皇太后丧葬要途经滁阳，朝廷大肆铺排。林元伦以减少扰民为理由，婉拒了礼部不合理的方案。林元伦学识渊博，谦恭治事，礼贤下士，在滁任职期间，修黉宫，缮驿车，举人才，被滁人誉为名宦。

林元伦青年时代就深得阳明思想的熏陶，“素游阳明甘泉二先生之门，所得最深”。王阳明离开滁州到南都的第二年（1515），来自浙江临海的弟兄二人林元伦与其兄林元叙（彝卿、典卿），同问学于阳明门下。阳明先生有《赠林典卿归省序》，特别叮嘱林氏兄弟，天地人间唯立一“诚”字为重。

闻人铨，浙江余姚人，字邦正，是王阳明的表弟，家境清贫。闻人诠还有一位弟兄名邦英，两人少年时期都有志于圣贤之学，师从表兄王阳明。王阳明对闻人诠弟兄一直很关切。1518年，阳明在江西赣州平寇，还专门写书信与两位表弟论学[①]。叮嘱他们坚定志向，尽心求道，在立大志的前提下，攻举业，求禄仕，在事业上磨炼。王阳明告诫他们，年华易逝，世事艰辛，“不患妨功，惟患夺志”，要抓住青春时光，建功立业，崇德修善。闻人诠没有辜负阳明的期望，嘉靖五年考中进士，授宝应知县，迁御史，官至湖广按察司副使。在任上巡视山海关，督政修了近千里的长城，校刻《五经》《三礼》《旧唐书》，编纂《南畿志》六十四卷，参与编订《阳明文录》。嘉靖十二年（1533）五月，闻人诠任南直隶提学御史，巡学滁州，在太仆寺卿和州官陪同下，走访表哥王阳明当年讲学的龙潭周边景物，与滁州学子共同缅怀王阳明。游览丰乐亭，畅饮丰乐亭下的紫薇泉水，赞叹欧阳修的道德文章，并赞颂宋元祐二年知州陈则清重修丰乐亭、疏浚并新名紫薇泉的事迹。事后，闻人诠主导修建了紫薇亭，并作《紫薇泉亭记》。

嘉靖十五年，适逢林元伦到任滁州知州，与太仆寺官员们共同追慕二十三年前王阳明在滁州讲学的盛况，有心为先生立祠。恰好南京提学御史闻人诠与提屯御史周冕等人倡议修建滁州阳明祠，可谓不谋而合。

周冕，字服之，滁州人，当年也私淑阳明学，正德丙子年（1516）乡荐举人，授任新安知县，遇水患，率官民抗灾修堤。以政绩佳擢升南京、陕西监察御史，致仕后尊为乡贤。

于是，由林元伦主持，选择在阳明当年讲学之地——丰乐亭

① 《寄闻人邦英邦正》，《王阳明全集》上册，第189页。

后建阳明祠，又称之“阳明精舍”。一时间，滁州府、太仆寺、滁州卫官民学子竞相赞助，规划营造，南都学人也闻讯相告。阳明祠建成后，如逢盛事，知州林元伦率滁州士绅俊彦升歌其上，南都一些官员也陆续来拜。不久，阳明弟子薛中离、戚贤等临祠展拜，聚众演说，开启了滁州第一次众学聚集的讲会。会后，阳明高弟王龙溪、钱德洪等人得知盛况，他们和林元伦一致推议由戚贤撰写《阳明精舍记》。为什么叫“精舍”呢？因为古人常常把传播交流学问的学舍或书斋称为精舍。“古之儒者，教授生徒，其所居皆谓之精舍。”郭沫若也在《中国史稿》第三编第五章第一节写道：东汉时候，私人传经的事业很盛，有些学者设立“精舍”。沿袭下来，“精舍”便成了讲学传道之处的代名词。同样，除了儒家，释道也把僧道居住或说法布道的处所称作精舍。

《南京太仆寺志》卷九“规制”所载《阳明精舍记》由王守仁弟子全椒人戚贤所撰，热情讴歌王阳明曾游滁山滁水，曾憩丰亭风月，歌咏良知，阐明圣学，滁州俊才翕然云集，四方来学，良知维同，如同孔子与七十弟子讲学一样，思歌采芹，盛况空前。

阳明精舍记[①]

戚贤

瞻河洛而思禹，览稼穑而思稷，钦道德而思孔孟，民有秉彝，本乎天性也。阳明先生尝卿太仆，尝游滁山滁水，尝憩丰亭风月，歌

① 选自《南京太仆寺志》卷之九·规制。

咏良知，发明圣学，而吾滁俊髦翕然云集，空闻空见空空兴起，真如七十子之服孔子也。然良知维同而四方来学，思歌采芹，空闻空见，空轻千里，如登龙门。朋来维乐，而一时大儒，思歌伐木，空闻空见，空轻千古，如赴仙舟。至如甘泉先生道出岭南，白岩先生风生河北，贲然来思，征诘奥义，而积雪坐更，如出一口，殆非鹅湖可语也。维时门墙彬彬飏飏，弦诵绎如，无异洙泗。正德癸酉距今已廿五年。先生一去功定社稷，德播生灵，学传海宇，名溢蛮貊。信犹水在地中无掘不应。而真橐真钥，实维滁始。滁系道德，不犹河洛之系禹、稼穑之系稷乎？贤虽未为之徒，而建祠崇祀，冀升堂室，每与同志，慨想为缺。

往岁丙甲，颐庵林公元伦适以先生门人迁知滁事，闻人提学作而叹曰：“阳明我师也；林，我友也，祀事得矣。”周子提屯作而叹曰：“阳明，我师也：林，我守也，祀事得矣。”苏子大巡作而叹曰：“阳明，我宗也，林，我贤也，祀事得矣。”陈子印马作而叹曰：“阳明，我里也；林，我乡也，祀事得矣。”洪子巡盐作而叹曰：“阳明，我尊也；林我派也，祀事得矣。”于是各檄羡余，檄令规爰相丰亭，前藉其丽，后因其高，中营堂寝，旁构廊厨，旧辟新恢，峨峨在望。先生虽往，而藏精有所，致知有地，止善有归。吾滁俊髦从事颐庵升歌其上，又复空闻空见，空空兴起，真如七十子之慕孔子也。夫功定社稷，德播生灵，学传海宇，名溢蛮貊，固此良知也。亲而炙之，闻而宗之，仰而思之，祠而祀之，亦此良知也。藏精有所，瞻依得矣；致知有地，切磋得矣；止善有归，缉熙得矣。翌时杰出，有功社稷，有德生灵，有学海宇，有名蛮貊，又非此良知乎？

祀事既举，宗风既同，颐庵先生乃遣司训邓氏子卓，属贤纪石，以永丰格。贤乃敛衽从邓，谢曰："良知可状，化工可图，君独不闻观于海者难为水乎？同时协力同知陈励、节判永和，聿来胥宇也，一时谪迁兵宪裴骞、司寇王梅、侍御韩岳，聿观厥成也。予何人斯，敢辱遣哉！"

迟不奉命者逾年，顷因中离薛子、石山沈子拽贤展拜，归，以其故告诸龙溪王子、绪山钱子，同声寄曰："良知莫状，化工莫图，坐舟忘渡，啜食忘耕，于汝安乎？桑虫蚕蜂，往来春梭，牧笛横牛，上下山阿，子独无寤？子独无歌？"予因首肯，歌耳歌耳。

乃浪歌曰：天地贞观，日月贞明，莫见莫显，无臭无声。孩提爱亲，及长敬兄，呼蹴不昧，乍见同惊。乃所谓善，乃若其情，旦昼多梏，夜气维清，尧舜允执，孔颜竭精，先觉后觉，异世同盟。吁嗟醉翁，醒心来迎。吁嗟丰乐，壮怀莫京。

阳明书院，承载了阳明先生的精神遗产，从此，滁州有了一座承前启后的文化地标。

二、高足来讲会

明中叶后，阳明心学广泛传播，深得文人士大夫的追慕，激起了思想新潮的活跃。程朱理学衰微，王门心学风行，天下之士由谨守"朱子矩矱""格物致知"到普遍"贵疑""自得""厌常喜新"，乃至追求个性解放。书院讲会盛行，上层社会出现了"缙

江西吉安清源山书院讲堂

绅之士，遗佚之老，联讲会、立书院，相望于远近[1]”。平民阶层则是“穷乡邃谷，虽田夫野老皆知有会[2]”。尽管心学尚未取得意识形态的统治地位，但心学弟子仍趋之若鹜。思想者们往来于大江南北各地书院、讲舍之间谈学论道，切磋驳难，诠释和发扬心学主旨，追求新理念蔚然成风。

王阳明当年在滁州的讲学活动，吸引大江南北的门生汇聚于此，滁州成为传播心学的望地，仕民的思想和社会意识吹进来一股清新的风气。阳明过后，阳明学犹如水过地湿，润物无声。南京太仆寺官员中许多人学养深厚，倾心阳明学说，有的人本身就是阳明再传弟子。他们从不同的职位来任太仆官，又从太仆寺迁

① 张廷玉《明史·东林诸儒传》，第 6053 页。

② 钱德洪《惜阴会语》。

职各地为官为学，且相互交游结谊，申述思想识见，对于传播王学起到了推波助澜的作用。

滁州阳明书院（祠）自嘉靖十五年（1536）建立，至嘉靖三十二年（癸丑1553）秋，太仆少卿吕怀迁建于丰乐亭紫薇泉上，召集王门高足聚会论讲。自此，由原先祭祀为主的阳明精舍，具备了论道讲学的书院功能。阳明（祠）书院成为联络同门情谊、体现学派精神的聚会场所。

参与讲会的人，除了阳明亲传和再传弟子论辩交流以外，更多的是以本地和周围地域生员为主，聆听名师演讲，讨论圣贤思想先儒语录，辩驳性命天理之学、交流修身克己的操持和体验。王门高足以及后学聚会论讲，较大规模的先后有4次，都是在太仆寺卿的主持下进行的。

第一次讲会在阳明精舍建成之时，上节已叙述。

第二次较大规模的讲会在嘉靖三十二年。王畿、钱德洪等均来滁谒师祠，与吕怀、戚贤等数十人大会于祠下，各自阐发心学观点。钱德洪在辑录《与滁阳诸生书并问答语》中说："嘉靖癸丑秋，太仆少卿吕子怀复聚徒于师祠。洪往游焉，见同门高年有能道师遗事者。……兹见滁中子弟尚多能道静坐中光景。洪与吕子相论致良知之学，无间于动静，则相庆以为新得。"钱德洪在《王守仁年谱》中也记载："十月，洪自宁国与贡安国谒师祠，见同门高年，犹有能道师教人初入之功者。"

钱德洪，字洪甫，号绪山，明朝中后期浙江余姚（今浙江余姚县）人。是王阳明的著名弟子之一。王守仁平定"宸濠之乱"后返归故里，钱德洪与同邑人范引年、柴风、徐珊、吴仁等数十人同拜其为师。因到余姚投师的人日益增多，钱德洪与王畿代师疏通学术大义，一时称其为教授师。嘉靖六年间，王守仁出征在外，钱、王二人代师主持书院。王阳明去世后，钱德洪四处游学，传播阳明心学，常在南谯书院讲学，与滁州阳明学子往来密切。

钱德洪画像

在第二次阳明祠（书院）讲会上，阳明先生另一位高徒王畿论说阳明思想，阐发先生学说形成之“三变”，此篇论稿即为王畿《滁阳会语》，后编入《龙溪王先生全集》。

王畿（1498—1583），字汝中，别号龙溪，山阴（今浙江绍兴县）人，嘉靖二年（1523）拜王守仁为师。嘉靖五年会试得中，却未参加廷试，而重返王守仁门下。王畿是一名铁杆阳明学者，他前后四十年无日不讲学。自北京、南京及吴、楚、闽、越等地，到处都有讲舍，士人尊其为儒宗。王畿是王门浙中派创始人，著有《龙溪全集》二十卷。

王畿画像

滁阳会语[①]

王畿

予赴南谯，取道滁阳，拜瞻先师新祠于紫微泉上。太仆巾石吕子以滁为先师讲学名区，相期同志与其隽士数十人，大会祠下，诸君谬不予鄙，谓晚有所闻，各以所得相质，以求印正。余德不类，何足以辱诸君之教？而先师平生所学之次第，则尝闻之矣！请为诸君诵之，而自取正焉。

先师之学，凡三变而始入于悟，再变，而所得始化而纯。

其少禀英毅凌迈，超侠不羁，于学无所不窥。尝泛滥于词章，驰骋于孙吴，其志在经世，亦才有所纵也。及为晦翁格物穷理之学，几至于殒。时苦其烦且难，自叹以为若于圣学无缘，乃始究心于老佛之学。筑洞天精庐，日夕勤修炼习伏藏，洞悉机要。其于彼家所谓见性抱一之旨，非惟通其义，盖已得其髓矣。自谓尝于静中内照形躯如水晶宫，忘己忘物，忘天忘地，与空虚同体。光耀神气，恍惚变化，似欲言而忘其所以言，乃真境象也。

及至居夷处困，动忍之余，恍然神悟，不离伦物感应，而是是非非自见。征诸四子六经，殊言而同旨。始叹圣人之学坦如大路，而后之儒者妄开径窦，纡曲外驰，反出二氏之下，宜乎高明之士厌此而趋彼也。自此以后，尽去枝叶，一意本原，以默坐澄心为学地，亦复以此立教。于《传习录》中所谓“如鸡覆卵，如

① 《龙溪王先生全集》卷二语录，《四库全书存目丛书》别集98。齐鲁书社1997年版。

龙养珠，如女子怀胎，精神意思，凝聚融结，不复知有其他”、“颜子不迁怒、贰过，有未发之中，始能有发而中节之和”、“道德言动，大率以收敛为主，发散是不得已”种种论说，皆其统体耳。一时学者闻之翕然，多有所兴起。然卑者或苦于未悟，高明者乐其顿便而忘积累，渐有喜静厌动、玩弄疏脱之弊。先师亦稍觉其教之有偏，故自滁留以后，乃为动静合一、工夫本体之说以救之。而入者为主，未免加减回护，亦时使然也。

自江右以后，则专提“致良知”三字，默不假坐，心不待澄，不习不虑，盎然出之，自有天则，乃是孔门易简，直截根原。盖良知即是未发之中，此知之前，更无未发；良知即是中节之和，此知之后，更无已发。此知自能收敛，不须更主于收敛；此知自能发散，不须更期于发散。收敛者，感之体，静而动也；发散者，寂之用，动而静也。知之真切笃实处即是行，真切是本体，笃实是工夫，知之外更无行；行之明觉精察处即是知，明觉是本体，精察是工夫，行之外更无知。故曰：“致知存乎心悟”“致知焉尽矣”。

逮居越以后，所操益熟，所得益化，信而从者益众。时时知是知非，时时无是无非，开口即得本心，更无假借凑泊，如赤日丽空而万象毕照，如元气运于四时而万化自行，亦莫知其所以然也。盖后儒之学泥于外，二氏之学泥于内。既悟之后则内外一矣，万感万应，皆从一生，兢业保任，不离于一。晚年造履益就融释，即一为万，即万为一，无一无万，而一亦忘矣。

先师平生经世事业震耀天地，世以为不可及。要之，学成而才自广，机忘而用自神，亦非两事也。先师自谓：良知二字，自吾从万死一生中体悟出来，多少积累在。但恐学者见太容易，不肯实致其良知，反把黄金作顽铁用耳。先师在留都时，曾有人传谤书，见之不觉心动，移时始忘，因谓：终是名根消煞未尽，譬之浊水澄清，终有浊在。

余尝请问平藩事，先师云：在当时只合如此做。觉来尚有微动于气所在，使今日处之，更自不同。

夫良知之学先师所自悟，而其煎销习气、积累保任工夫又如此其密，吾党今日未免傍人门户，从言说知解承接过来，而其煎销积累保任工夫又复如此其疏，徒欲以区区虚见影响缘饰，以望此学之明，譬如不务覆卵而望其时夜，不务养珠而即望其飞跃，不务煦育胎元而即望其脱胎神化，益见其难也已。慨自哲人既远、大义渐乖而微言日湮，吾人得于所见所闻，未免各以性之所近为学，又无先师许大炉冶陶铸销熔以归于一，虽于良知宗旨不敢有违，而拟议卜度、掺和补凑，不免纷成异说。有谓良知落空，必须闻见以助发之，良知必用天理则非空知。此沿袭之说也。有谓良知不学而知，不须更用致知；良知当下圆成无病，不须更用消欲工夫。此凌躐之论也。有谓良知主于虚寂，而以明觉为缘境。是自窒其用也。有谓良知主于明觉，而以虚寂为沈空。是自汩其体也。盖良知原是无中生有，无知而无不知；致良知工夫原为未悟者设，为有欲者设；虚寂原是良知之体，明觉原是良知之用，体用一原，原无先后之分。学者不循其本，不探其原，而惟意见言说之腾，只益其纷纷耳。而其最近似者不知良知本来易简，徒泥其所诲之迹而未究其所悟之真，哄然指以为禅。同异毫厘之间自有真血脉路，明者当自得之，非可以口舌争也。

诸君今日所悟之虚实与所得之浅深，质诸先师终身经历次第，其合与否？所谓如人饮水，冷暖自知，以此求之，沛然有余师矣！

第三次讲会在嘉靖四十二年（癸亥1563），王阳明儿子王正亿拜谒滁州阳明祠。时任南京太仆寺少卿的盛汝谦与同僚及滁州阳明弟子孟津等陪同谒祠“侍论前堂”，追忆当年讲学盛景，感慨系之，并以诗相和。盛汝谦诗序写道：“是日，阳明先生公子经滁谒祠，余与刘虹江、胡剑西、孟两峰俱挈酌，先后继至，侍论前堂。而两峰则及门士，能传其丰神宗旨，并同游薛中离、王心斋、欧南野师、邹东廓诸高弟洋洋如在，真佳会也。人各赋诗一律，余亦次韵以识私淑之意云[①]。”

上文中提到的人物，或王门高足，或追崇心学的官宦，身任太仆寺职。例如：

盛汝谦，字亨甫，号古泉，安徽桐城人。明嘉靖辛丑二十年（1541年）进士，嘉靖四十二年三月任南京太仆寺少卿。四十四年六月，由南京鸿胪寺卿任南京太仆寺卿；四十五年四月，升任南京都察院右佥都御史提督操江。官至户部右侍郎。

刘虹江即刘秉仁，字子元，号虹江，贵州卫人。原籍湖北大冶。嘉靖二十六年进士，四十二年任南京太仆寺少卿。

胡剑西即胡杰，字子文，号剑西，江西丰城人，时任太仆寺丞。他们都心仪良知之学。

① 《南滁会景编》第六册卷十二“杂景诗集”，黄山书社2016年版，第298~299页。

薛侃

孟两峰即孟津，字伯通，号两峰，直隶滁州人，阳明弟子，前文已有叙述。

薛中离、王心斋、欧南野师、邹东廓皆为王阳明高足。

薛中离（1486—1545），即薛侃字尚谦，号中离，广东揭阳（今揭阳市）人，正德十二年进士。之前，薛侃曾到滁阳和南京受教于王阳明，《传习录》上记载有他去花间草时与先生的一段对话。后在江西赣州再受阳明之教四年，深契良知学旨。薛侃入朝为官清正刚直，嘉靖十年因立储上疏得罪皇帝，被罢官，回归家乡中离山讲学，弟子百余人，传阳明学“盛行于岭南”。薛侃认为，“心”是世界的本体。所谓“天由心明，地由心察，物由心造”。在社会伦理观方面，提倡舍生取义。薛侃在乡颇有贤名，曾浚中离溪与民为利。后人誉他为“名节在朝野，行义在乡里”。嘉靖十五年，滁州阳明精舍建成后，薛侃曾偕戚贤等一道前来拜谒。

邹守益

邹守益（1491—1562），字谦之，号东廓。江西安福县人。守益潜心钻研阳明心学，成为王守仁的高足弟子与良友。他把“致良知”学说作为德育的根本，并作了充分的发挥。流传于江西的江右王学，在邹守益等人的掌教下，最终成为阳明学最有力的继承者。邹守益人品中直，刚正不阿。曾冒死协助王守仁平定宸濠之乱。嘉靖初年朝廷爆发“大礼议”之争。邹守益上疏力谏，指出世宗的行为违背礼教古训，要求皇帝纠正错误，信用忠臣。世宗大怒，将其下诏狱严刑拷打，贬为广德州判。此后在南京讲学，与滁州阳明弟子常有联络。嘉靖十年后弃官，在家乡安福创设书院传播阳明学，购置义田从事善举，推广乡约教化民众，深受爱戴。今有《东廓邹先生遗稿》传世。

王心斋（1483—1541），即王艮，字汝止，号心斋，初名银，王守仁为其改名。泰州安丰场（今属江苏东台）人。其学说的特点是简单易行，易于启发市井小民、贩夫走卒，极具平民色彩，宣扬“百姓日用即道”，阐述“满街都是圣人”“人人皆为君子”，流传甚远。也被评近于“狂禅”，被称为“泰州学派”。明代后期著名学者、思想家罗汝芳、何心隐、李贽、焦竑、周汝登等人都出其门下。

欧阳德（1496—1554），字崇一，号南野，江西省泰和县人，江右王门主要代表人物之一。嘉靖二年（1523）进士，历刑部员外郎，以学行改翰林编修，累迁礼部尚书。知六安州时建龙津书院。复集四方名士于灵济宫讲学，至者五千人，为京师讲学之盛。欧阳德指出“良知”与“知觉”不同。“凡知视、知听、知言、知动，皆知觉也，而未必其皆善。良知者，知恻隐、知羞恶、知恭敬、知是非，所谓本然之善也”。德发明师旨，卫护师说，遇事侃侃持正，不畏权贵，好引掖后进。卒后赠太子少保，谥文庄。有《欧阳南野集》。

以上这些王门高足对滁州的青睐，说明在阳明身后的琅琊山下、滁水之滨仍然是王学传播的望地，王门弟子仍频繁往来于此。滁州弟子孟津有诗曰："共学师门别有年，衰龄何幸远扳辕。天真脉络应重滤，滁水烟霞好共眠。"

第四次讲会，万历癸酉（1573）改元，王正亿再次来滁拜谒阳明祠。孟津陪同，"夏五月新建伯王龙阳正亿奉命南来，经滁谒尊翁祠。太仆卿李渐庵、陆五台与津咸在"。是年冬十月，王门主要学人之一的王畿应约再作滁州南游之会，受到南京太仆寺卿李世达、陆光祖等的欢迎。《龙溪王先生全集》卷七"南游会记一"记载了王畿此行讲会的情况：走访全椒戚贤之庐，"诸友数十人迎会于南谯书院"。到滁州，太仆寺卿"渐庵李子（世达）、五台陆子（光祖）偕同志百余人，来谒先师新祠，即会于祠中"会讲论辩。

讲会的形式和内容，首先是祭祀先师，接着静坐默考，然后歌诗吟诵，这也是阳明传承的讲学方式。讲会最重要的内容还是义理的讲论，所谓"会语"，即为讲会上诸生与主讲人的问答，内容大多关乎道德修养的心性之学。

趁讲会之兴，王畿与同门高年孟津等作诗互答《癸酉冬展谒先师祠用韵识别》云："瓣香此日拜新祠，精爽如存匪梦思。况复高贤成雅集，不辞远道赴心期。乾坤一缕谁为主，凡圣千般只此知。"时任寺丞、学者许孚远次前韵句有"桃李有情需化雨，江山无语证良知"。太仆寺卿陆光祖趁讲会之兴，启发诸生继承阳明学说，作《阳明书院示诸生》组诗（七首）。其一："虚薄何堪厕列卿，况惭斯地践阳明。瞻依赖有风流在，愿发遗言淑后生"。胡考宁也作《谒阳明祠（二首）》其一："所过存祠系永思，千言万语发良知。……四三君子尊师意，行遍诸方各唱提。"孟津吟道："滁山首善存遗教，千载难忘世德求。"

在阳明后学的心中，滁州依然是一片值得珍视的王学乐土。正如后来任滁州知州的戴瑞卿所言，"王文成公憩滁，发明良知，多士翕从，阐绎圣真，弥纶大道遐哉！[①]"阳明先生过化滁州的学说源远流长，官滁的太仆寺卿和州守们也以此为式为荣。

明朝后期，社会文化趋向多元化，阳明思想进一步扩大传播，南京太仆寺官员继承王阳明的讲学传统，在士子中传授王门圣学。冯若愚即是其中代表之一。冯若愚，字明父，浙江慈溪人，对"心学"颇有心得，天启二年（1622）任南京太仆寺少卿，他也步阳明后尘在滁讲学。琅琊山醉翁亭园内立有"冯公祠"，崇祯十三年（1640）竖立的一块石碑上，镌刻着对冯公的评价：

昔我太祖，以神武始兴，开迹滁阳。定鼎而后，眷兹畿辅重地，特设太仆寺土宁，但为冏牧之便也哉。盖滁阳一郡，控江淮南北，为陪京上游。倚毗大臣，以资弹压。此殆谓之思无疆，思无期。治天下者亦若是焉而已矣。

莅斯职者实多名卿。若最著，如武宗朝为阳明王先生，以名儒名臣贰于太仆，当为此官本朝第一。光宗朝则为明父冯先生[②]，亦以新政起家，是任计相去阳明百有余岁。同里同官同道，先后辉映。合于符节。滁人始而悦，既而敬，卒而信之。当阳明时，父老子弟杂然曰："王子，吾师也！"从而北面之。既去而尸祝之，俎

① 《滁阳志》卷十二艺文戴瑞卿《大修儒学记》。

② 此处有误，冯若愚天启朝任职太仆寺，天启皇帝为明熹宗朱由校。

豆之，以至今。当明父时，父老子弟杂然曰：“冯子，吾师也！”又从而北面之。既去而亦尸祝之，俎豆之，以至今。祀王子于丰乐亭之右，祀冯子于醉翁亭之右，则欧阳子两亭始有德邻。藉以不孤焉尔。

……(冯公)比在滁日进,滁之士人,讲课相与阐明良知之旨,逞逞发王子所未发。姚江一派始穹河源，以千圣为面谭，以六经为注脚。公平生著述虽不如阳明之多，而见于躬行，施于实事者，气象风度，无不如阳明。

……欧阳子生于五百年之前，以待王子以及冯子；公生于五百年之后，以继王子以及欧阳子。接踵鼎立于滁阳山水之间，滁人士杂然称之曰“前有欧公,中有王公,后有冯公。”相与俎豆。千百年俾世世万子孙，莫不得从而北面仰事焉。

这篇碑文,出自“冯若愚父子德政碑记”,由崇祯十三年(1640)任监察御史巡按江南的张懋爵所撰，滁州知州李绳勋书丹。该碑记虽有溢美之词，但文中关于冯若愚对“心学”继承与发扬的评价，并非虚妄之言。世人都知道冯若愚还有一个大功绩，他在醉翁亭建立宝宋斋，四百年来，保护《醉翁亭记》欧文苏字碑免遭风雨摧损。冯若愚的儿子冯元彪继承父亲的良品，崇祯十二年任南京太仆寺卿，为滁州奏请免海运赋，滁人感念冯公父子与王阳明、欧阳修一脉相承，因而众心景仰，代代从祀。

三、书院历沧桑

上节说到的“阳明精舍”就是滁州阳明书院，自嘉靖十五年

（1536）始建，其后历经风雨摧蚀和兵火劫掠，到清光绪二十二年（1896），360 年间先后修建过 8 次，其中明嘉靖修葺 3 次，万历间修葺 3 次，崇祯间重建 1 次，清康熙十二年（1673）修葺 1 次。每次修建都有太仆寺官员或地方官员策划或主持，而历次修缮后的活动都是利用地方政治资源和文教影响力，对阳明心学的一次重光和弘扬。阳明书院成为琅琊山下又一座人文精神的标志性建筑，与醉翁亭丰乐亭齐名。而且书院更实在地具有传经讲学场所之功能。

——嘉靖二十五年（1546），知州毕竟容与罢官在家的胡松谋划，将上年修建通济桥竣工后剩余资材用于修葺欧公祠和阳明祠。

——嘉靖三十二年（1553），在太仆寺少卿吕怀的主持下，得到巡按御史成守节的支持，阳明书院易地重建，位于丰乐亭东南不远处，距离紫薇泉也很近。这一片地势较阔绰，书院规模得到了扩张，这次迁建是载入史册的一件大事。

《王守仁年谱》记载：“（嘉靖三十二年）九月，太仆少卿吕怀、巡按御史成守节改建阳明祠于琅琊山，山去城五里，旧有祠在丰乐亭右，湫隘不容俎豆。兹改建紫薇泉上。”当时从滁州到南都，官绅士子尤其阳明学界盛赞其举。如前文所述，阳明书院重建后，王畿、钱德洪等王门高足便“与戚贤等数十人大会于祠（书院）下”。阳明先生祠（书院）自此成为后人在滁州传承王门心学的标志。万历《滁阳志》记载：“阳明先生祠在保丰堂右，春秋仲月致祭。”

主持书院迁建的太仆少卿吕怀（1492—1573），字汝德，号

滁州王阳明书院（祠）遗址，位于丰乐亭东南

位于丰乐亭东南的阳明书院图，载于明代《南滁会景编》

巾石，江西永丰人。自幼好学，十八九岁时，就思慕圣贤之学，对王阳明、湛若水两位心学大师十分景仰，其后师从湛若水。嘉靖十一年（1532）吕怀考中进士，选翰林第一，由庶吉士授兵科给事中。嘉靖三十一年（1552）至三十三年，任南京太仆寺少卿。吕怀在朝为官，同时钻研理学，博览群书，学问淹贯，荟萃经史、天文星象、律吕精言。吕怀论学，折中王、湛二门，认为王阳明良知说与湛氏体认天理说宗旨相同。他在滁州极力推行王、湛学说的传播。阳明祠迁移扩建以后，具有了书院的规模。他与戚贤、王幾等学术带头人切磋学问，经常往来于阳明书院、南谯书院之间。并且经常诗词唱和。嘉靖三十二年，王幾在南谯书院讲学时，步吕怀诗韵，抒发对阳明先师在滁州讲学的感慨和对吕怀传承先贤的称赞，继而用诗句与吕怀交流虚实动静的学术命题。

南谯书院与诸生论学感怀次巾石韵①

王畿

师昔临滁水，流风被南谯。君持岁寒操，不随万象凋。

劚云开精庐，朋来千里遥。所志在上古，邈哉舜与尧。

尧舜讵云古，吾侪讵云今。今古才一瞬，神感归吾心。

吾心本自静，弗为欲所侵。师门两字诀，为我受金针。

学虑非学虑，致虚以立本。如水浚其源，沛然成滚滚。

静虚亦非禅，盎然出天禀。虚实动静开，万化以为准。

---

① 选自王畿《龙溪先生全集》卷十八。

——嘉靖四十年（1561），滁州知州应镳修葺阳明书院，太仆寺卿赵釴作《重修阳明先生书院记》。应镳，字声甫，浙江临海人，嘉靖三十五年任滁州知州。赵釴（1512—1569），字子举，号柱野，直隶桐城人。嘉靖甲辰进士。嘉靖三十七年（1558）二月任南京太仆寺少卿，3 年后（嘉靖四十年）升为正职，任南京太仆寺卿。应镳和赵釴都是崇敬阳明、关心民瘼的官。此时滁州老一辈的阳明弟子多已凋谢，还有为数不多像孟津这样的资深弟子，坚守师说，口耳相传良知之学。他们一道去拜谒阳明祠，祠舍经风雨久摧，梁柱渐倾。于是请示监察御史陈少淇同意，对书院进行修缮。竣工后，赵釴写了《重修阳明先生书院记》。在记文中，他以见闻花开鸟鸣为寓，阐述认知的哲理境界，说明良知即真知、真知即真感，有感则景行，修祠以存感，“真知阳明知学者，则必无有不至者”。赵釴在滁州先后写过三篇崇文恤民的记文。上任太仆寺当年，滁州秋雨成灾，粮食歉收。次年又遭遇春夏连旱，滁民成群结队到丰山上祈雨，赵釴于是在丰山之麓建造了一座倚丰亭，作《倚丰亭记》记其事。同时劝慰老百姓改善耕作，提高抵御水旱灾害的能力。赵釴还写过一篇《重修醉翁亭记》，碑刻现存于醉翁亭园内。

——万历元年（1573）也修过一次阳明书院，无记。万历元年为癸酉年，距正德八年（癸酉 1513）阳明来滁州讲学已循一个甲子（60 年），当年也进行了修缮，且在新祠有聚会。阳明先生公子王正亿来滁州谒父祠，王畿于同年冬十月谒先师祠。有王畿诗可证“瓣香此日拜新祠，精爽如存历梦思”。陆光祖在讲会之后还作《示诸生诗七首》。就在这次修祠前后，万历元年五月，提调南直隶学政、御史谢廷杰巡学滁州，与南京太仆寺卿李世达、少卿陆光祖拜谒阳明祠及王禹偁、欧阳修二公祠，倡议为二祠在“白水塘”增置祀田，以供祭祀修缮之费，陆光祖作《二祠增置祀田记》纪其事，并于碑阴刻“陇亩四至，粮麦两税之则，庐舍之数”，保障今后阳明祠和欧公祠修缮的资费来源。陆光祖，字与绳，号五台，嘉靖丁未进士，也是一名信奉阳明学的官僚。其人品正量大，清强有识，练达朝章。隆庆六年（1572）十月任南京太仆寺少卿，两年后升任卿，在滁州驻守四年。官至刑部尚书。

——明万历十三年（1585），南太仆寺卿萧崇业、知州江惟大等主持扩建阳明书院。值得一提的是，万历七年（1579），首辅张居正诏毁天下书院，先后毁应天书院等 64 所。而滁州阳明书院在太仆寺官员的极力辩护下得以保存。万历十二年（1584），南京太仆寺卿萧崇业与少卿尹瑾访阳明书院，见其规制卑陋，意欲重修。万历十三年四月，萧崇业升任南京都察院佥都御史提督操江，离任时筹集赎金若干，命知州江惟大扩修书院。这是一次大规模重修。修建后的阳明先生祠（书院）为前后三进院落，位于紫薇泉右，坐北朝南，依地势逐渐上升。入外门可至前堂，堂五楹，名为“止善堂”，取《四书》之一《大学》首句“大学之道，在明明德，在亲民，在止于至善”之意。阳明祠内各屋，均留有士子官宦拜谒的题刻。堂后东西有厢房，经甬道穿过内门，最后为后堂（即祠堂），壁嵌王阳明先生石刻像及兵部左侍郎兼都察院右佥都御史总理河道万恭（字肃卿，号两溪）的图赞[①]。继任南京太仆寺卿的

---

① 参见《南滁会景编》卷首图，中有阳明祠图。

石应岳目睹书院重修过程，作《重修阳明先生书院记》以纪其事，文中对阳明心学体用合一、良知学说多有阐明，又提及书院前堂名为止善堂，独具历史价值。

石应岳（1541—1608）字钟贤，号介峰，福建龙岩人。隆庆五年（1571）进士，万历十三年四月至十四年四月任南京太仆寺少卿，后迁应天府尹、顺天府尹等职，以户部侍郎致仕。应岳以廉正直谏著称，先后上疏十余次，请节约宫廷开支以充裕国库，广建宗藩、节制赏赐等。任应天府尹时，与南京都察院右都御史海瑞配合，严惩贪官污吏。民间流传“总宪（指海瑞）清似水，京兆（指应岳）白如霜”。

——万历三十九年上半年，太仆寺卿吴达可与知州戴瑞卿修阳明书院，（吴三十八年三月升南京光禄寺卿，因后任未至，吴滞留续掌冏印），时任太仆寺少卿的钱士完在其《题阳明先生祠》中说到了修阳明祠的情况，并重温阳明先生论述静悟、省察克治、致良知等语录：“（阳明）先生由铨曹来佐冏，论学最著。荆溪吴安节视冏修谒，新其祠宇……余因葺先生祠宇，特拈出之，以复吴先生……祠由先生弟子闻人诠允诸生请，建于丰乐、紫薇间，全椒戚贤为之记，今始再葺云。”

吴达可，字安节，直隶宜兴人，万历五年（1577）丁丑科进士。三十六年十一月，由太仆寺少卿升为寺卿，三十八年三月升南京光禄寺卿[1]。钱士完，字惟凝，号继修，浙江归安人，万历八年庚戌科进士。万历三十四年十二月任南京太仆寺少卿，三十九

① 《明史》卷227，列传第115。

年八月任南京鸿胪寺卿，四十一年正月再任太仆寺卿，四十二年升都察院佥都御史[①]。

又《滁阳志》卷四“学校·祀典”载：“阳明先生祠，知州戴重修。”戴瑞卿万历三十八年(1610)初夏任滁州。主政五年间，戴瑞卿常率僚属和滁州士子拜谒阳明祠，在他的《谒阳明王先生祠祭文》中，阐述了阳明书院对滁州官民的影响：

余考先生当正德间以铨部郎出领南冏少卿，爱滁山水，阐揭良知，发明圣学。而环桥之间，相与听说奥义，云集而景从。至于定社稷，铭鼎彝，声施烂然，而真橐真钥实惟滁始。击良知而思先生，不犹钦吾道而思孔孟耶？惟是后来者闻风兴起，欲见先生而不可得，则相与凭高托丽，营室构堂，俨像其中，讲求遗论。迨今乡阜绅挍游斯乐斯，与仕宦而过斯者，靡弗歌采芹，咏伐木，如登龙门，如赴仙舟，非此良知之感召然与？庚戌之岁，余以官至滁，始得谒先生之祠，继而闻先生之绪余于滁士大夫。因以自牧牧民，蕲不失良知作用，安知先生不式灵余小子哉？

其《阳明先生祠》云：

览胜追明哲，相过绛帐前。竹中听布谷，松下看流泉。
事业青藜火，文章白云篇。良知超悟早，圣世独推先。
遗范俨如在，真诠合有传。悠悠忘去住，已入定中天。

---

① 乾隆《湖州府志》卷二十一·人物。

——崇祯九年（1636），太仆寺卿李觉斯又于农民军战火之后重建阳明书院。晚明纷乱之际，仕滁官员怀着对家国时运的深深忧虑，对阳明之学经国济世的思想多有继承。这年正月，“流寇”围攻滁城两昼夜，城外村落山林焚劫殆尽，阳明祠毁于兵燹。李觉斯与知州刘大巩率军民冒死守城，得卢象升驰援，大败农民军，滁城百姓幸免于难。战后，李觉斯既以阳明之学为宗重建阳明祠，将其作为治乱救世的一面旗帜。李觉斯在《重建王阳明先生祠碑记》中赞叹王守仁之功业，称赞王守仁以“明体适用之学”济其立“大经济大事业”，从而“大难定，大纷解”，同时慨叹昔日王阳明平宸濠之乱，剿南赣蛮酋，均“战胜攻克，咄嗟办之”，对时局倍加忧虑，而如今“流寇”四起，“祸结兵连，蔓延八载不已”，天下却再无如王阳明般的人物能力挽狂澜。

李觉斯主持的这次重建，与寺丞公秉文谋划，使用积贮仓谷钱为工程资，依然按照万历年间萧崇业重修时的规制，并作重建碑记。追述阳明祠兴废历程及此次重建经过[①]。

杪三阅月而工遂落成，基址仍故，轮奂重新，巍巍乎焕然改观乎。于时，予又率僚属祀拜，仰而瞻，俯而思，感时触事，深慕于先生。

（李觉斯《重建王阳明先生祠碑记》）

李觉斯，字伯铎，号晓湘，广东东莞人。天启乙丑进士。崇

① 《南滁全景编》第三册，黄山书社 2016 年版，第 145 页。

祯八年至十年任南京太仆寺卿。任职期间与知州刘大巩抵御“流寇”攻城，滁城安然无恙。又重刻《南滁会景编》。十三年任刑部尚书，旋被削职。后降清。

——清康熙十二年(1673),大清上下正励精图治,蒸蒸日上,阳明学却受到了“尊朱黜王”意识形态的非难。滁州知州余国槽迎风逆上，再修阳明书院，重构书院前堂“止善堂”。当世才子颜光敏作《重建阳明书院崇祀余公碑记》，赞誉先生“功传当时，馨闻后世”，滁人“亲受教泽，愈而不忘崇祀先生[①]”。阳明虽往，而藏精有所，致知有地，止善有归。

颜光敏，（1640—1686）字逊甫，号乐圃。山东曲阜人，康熙六年进士，由中书舍人累迁吏部郎中。颜光敏既是官员，又是诗人、书法家。他爱好广泛，博览群籍，通律历，晓勾股，善鼓琴，工诗词书法，对《大学》章句尤深通要旨。亦好游览，广交海内外

光绪二十二年，文成公牌位移祀于保丰堂

① 康熙《滁州志》点校本卷二十九艺文卷第479页。

名士，著名学者顾炎武、剧作家孔尚任等都是他的知己。与余国櫓也有交情，他南来游滁，适逢修竣阳明书院，因钦佩余公之举，欣然为之记。

到了清代中后期，时局维艰，战乱频起，包括阳明先生祠在内的琅琊山人文景观群渐渐残破。清咸同年间太平军和清军在江淮地区反复拉锯，兵祸相连，琅琊山上前代遗迹大多损毁。光绪初到九年，弃政为学的全椒乡贤薛时雨竭尽全力修复醉翁、丰乐二亭。又过了十二年，大清王朝日渐衰微。光绪二十一年，江苏青浦人熊祖诒，字鞠生，光绪三年进士，出任滁州知州。他革除积弊，清厘田赋，安定民生，修复文化，复纂修《滁州志》，捐俸刊行。光绪二十二年（1896），熊祖诒命滁州拔贡章心培主持，再次整修醉翁、丰乐二亭，但已无力再重修阳明书院了。于是，在丰乐亭保丰堂立二公祠，祭祀欧阳修和王阳明，于醉翁亭二贤堂祭王禹偁、欧阳修及苏轼，并新拨祭田以奉祭祀。熊祖诒作《重修丰乐醉翁二亭立二贤堂王欧二公祠祭田记》，立碑记述此事[①]：

乐醉翁独名著，非他感之者，欧阳文忠、王文成二先生也。自宋明迄今，远者七百年，近者四百年。而当时品题，虽一丘一壑，后之人莫不爱护而保守之。东坡云：“醉翁行乐处，草木亦可敬。”亦其然欤！

醉翁亭内有二贤堂，祀及坡公。文成本有祠在丰山，已废。夏，余奉二先生栗主于丰乐亭之保丰堂中，重加修葺。酿泉之上，粪除

① 王浩远《琅琊山石刻》，黄山书社2012年12月版，第287页。

瓦砾，平台，疏泉使深，甃石使整。翘首四观，心为一旷。拨萃章生心培置董斯役，縻白金一百六十余两，复拨入公田石有奇，给住持司香火。从此，亭有款修，祠有供奉。传之永永无穷，以为滁人尸祝。噫！非二先生之力而能至是之？官斯土与生斯乡者，睹甘棠之爱，而不为之加意焉，非人请也。

虽处于晚清的风雨飘摇之中，恪守儒家道统的臣民仍然寄希望于圣贤之道，遵循甘棠之治，企图挽狂澜于既倒。只不过儒家传统非灵丹妙药，无论如何医治不了封建末世的腐朽体制，即使阳明在世，也无力回天，只能仰天长叹了吧。自嘉靖十五年（1536）开始立祠祭祀王阳明，祠与书院合为一体，历经三百六十年风雨至光绪二十二年（1896），设文成先生灵位祭祀于丰乐亭保丰堂内。接下来的历史大变局，让人们渐渐淡忘了配享孔孟的心学大师。

复建滁州阳明书院设计效果图

第八章 ‖ 三彦传薪火

滁水之滨是一片得天独厚的风水宝地，一代又一代南迁西来的士民在这块土地上扎根定居，繁衍生息，融汇成南北中和的淳朴乡风，孕育出许许多多忠良俊彦。其中既有经国济世的贤臣，也有教授乡里的良师。嘉靖万历时期，与王阳明心学密切相关的戚贤、胡松、孟津三位滁州人物，名重乡里，被人们尊为“三先生”。他们无论在朝在野，或建言或事功，都与阳明先生一样中直诚正，亲民善为。在阳明身后，三先生秉持正学，身体力行地传播阳明思想，在阳明学阵营名闻遐迩，对嘉靖以后滁州的官民风气产生过重要影响。

一、南谯戚山长

前文已述，戚贤是王阳明看重的滁州弟子。南谯书院是戚贤于明嘉靖十三年（甲午 1534）在全椒县创办的传习馆舍。全椒县始置于西汉，建置历史早于滁州，但唐以后多数时间隶于滁。明代辖于滁州，直隶于京师南京。全椒自宋以来多有世家，学风流长。南谯是东晋时期侨置郡县的地名，成为滁州（包括全椒县）的一个旧称。戚贤将此名称冠于书院，想必有他追古溯源又传承阳明先生在滁讲学的涵义。黄宗羲在《明儒学案》中，列举阳明学派九大讲学之所，其中之一即江北南谯精舍（书院）。古代将讲学并执掌书院的人称为“山长”，也就是院长。戚贤执掌南谯书院，当了近二十年山长。

戚贤于嘉靖五年（1526）中了进士，当了湖州府归安县知县。他立志象阳明先生教导那样，做一名以良知为政的官吏。经常简行出巡乡里，体察民生疾苦，实行减负，体现公平。当时地方官府对通过驿路往来使者尤其上司的供应繁多，都转嫁为民众的负担。戚贤调查以后，毅然决定降低供应水平，并按照贫富程度调整供应负担。年轻的戚贤一身正气，惩处借祭神赛会之机敛财的

戚贤雕像

地方黑恶势力，将祈雨不应的木制神像扔到河里，率领乡民抗旱，果断抓捕了装神弄鬼利用神像猎取民众钱财的奸佞团伙，取得了百姓对官府的信任。戚贤又常至学宫与诸生讲学，传习圣人之道，倡教化而正风气。

戚贤不愧是王阳明的一名得意门生。先生赞他“以迈特之资而能笃志问学，勤勤若是，其于此道真如扫云雾而睹白日耳”。戚贤果然不负先生之望。归安任满三年，政绩满满。嘉靖七年（1528）进京述职，年轻的小县令在吏部大佬面前勇于直陈己见，让部僚们刮目相看。九年回乡丁忧守孝，十一年除去丧服，又补任位于太行山东麓的保定府唐县知县，治绩一如归安。不久，朝廷召他入京做官，历任吏部给事中、工部、刑部都给事中。他身居要职，胸怀家国，纵观天下大势，工作勤恳、才思出众。他敏锐地判析朝廷得失利弊，仗义执言。十三年冬考察各地入觐官员之际，他上奏嘉靖皇帝《请论救人才》疏[①]，一针见血地指出，“进退人才，天下元气所关”，进而提出爱护宽容救赎人才的政策。

请论救人才

戚贤

窃惟人才进退，天下元气所关，万代瞻仰所系，自古帝王，未尝不以为重也。近该天下诸司，入觐天光，因而考核，论别贤否，其公是公非、晓然易见者，不容置喙；其似是而非、易至颠倒者，不

① 杨道臣纂修：明泰昌《全椒县志》卷之四《艺文志·奏议》。

可辨也。

盖人品不同，有始终一致、克尽臣道者；有先后两截、自违初心者；有迹冒不韪、求端无的者；有心欲向上、限才不足者；有因过误、能善惩创者；有蒙黜罚、遂无顾惜者；有孤忠抗直、日蹈危机者；有老奸巨猾、善趋时局者。分数相去，无虑十百，一或罔辨，未免失真也。

盖始终一致、克尽臣道者，谓之忠荩，增秩赐金、褒赏可也；先后两截、自违初心者，谓之贪鄙，褫名夺职、贬罚可也；迹冒不韪、求端无的者，谓之疑似，姑留可也；心欲向上、限才不足者，谓之困勉，器使可也；至因过误而能善惩创与孤忠抗直、日蹈危机者，孤臣孽子之流，略其小过、超众毁而擢之可也；蒙黜罚、遂无所顾惜与老奸巨猾、善趋时局者，小夫憸人之尤，罪以首恶、排众誉而黜之可也。况考察之典，天下万世公共之物，固非私亲比党、抑善长恶之计也。而频年以来，内外黜陟，不无偏枉遗漏。贪鄙者固多贬罚，而忠荩者未见褒赏也；困勉者间蒙器使，而疑似者未尽容恕也；小人憸夫类冒崇阶，而孤臣孽子实构隐祸也。以至或因一事之失，而遂弃其平生；或因一人之言，而遽蔽其贤哲；或以传闻未定之说，而阴孤其忧国忠君之诚，几何而能自白也？且人贵改过，行难求定，如京官因事获戾，外官奉职无状，曾经黜罚降调以后之得失，不当复追其降调以前之是非；如复追其降调以前之是非，则人人皆吐去之果核，非惟不足以协舆情，亦何以昭我皇上爱惜人才之意哉？况人才难得，降调而过宽焉，犹有自赎之地也；黜退而过刻焉，虽有悔悟之萌、迁改之志，终无效用之日矣。

幸我皇上度越千古，无贤不肖，通照无遗。更望今次考察，广沛德意。奸恶漏网，知府以上方面等官，固许纠刻，而京官降调在外，虽小亦许纠劾也。是非独责也，以其尝为人上，将来迁转有地，不可轻纵也。忠良落阱，知府以上方面等官，固许论救，而京官降调在外，虽小亦论救也。是非独庇也，以其尝为人上，将来迁转有地，不可轻废也。至欲曲尽其道，科务相指实论劾，部院务相从公去留，以共正大光明之治，不可互相观望，姑摘一二，姑应故事而已也。

兹臣待罪该科，每念及此，关系匪轻。且考察在即，而来朝诸司各欲吐露僚属贤否，若不明示告诫，第恐妄生异议，以乱是非，伤天下之元气，损万世之观瞻。一得之愚，不容终默也。愿勤圣衷，丁宁部院，维公维明，毋纵毋忿，务使小夫憸人绝其根据，孤臣孽子释其危疑，则陟以天下，黜以天下，而天下万世莫不仰颂大圣之作为矣。

刚愎自用的嘉靖帝被戚贤的奏疏所感，不久竟然采纳戚贤的建议，罢黜了两名徇私舞弊的大臣。其后，蒙古兵侵犯陕西边关，战事吃紧，朝廷选派戚贤任兵科右给事中，赴边关督查，所行考核举措深合军心，“举劾简孚兵气自倍”。边关归来，升擢工科都给事中，监管各地的工程项目。他又向御史徐九皋建议，解决漕运淤积不畅的问题，开挖苏北宝应县范光湖月河，以通运饷。

正当戚贤辛勤奔忙之时，嘉靖十七年戊戌（1538），其继母朱氏去世，戚贤再次回乡丁忧。也就在此间，他进一步扩充南谯书院，于十八年建起“聚乐堂”。当时阳明学者罗洪先进京，路经全椒与戚贤佳会。

守孝三年之后，嘉靖二十年辛丑（1541）三月，戚贤回到京都，复补刑科都给事中。也就在这一年，太庙失火，朝中震动，反思灾异。为官刚正的戚贤又上书，希冀皇上因此有所更置，以尽修省之实。所选人才尽从人望，不拘泥甲第限名数，杜绝投机钻营之辈。他弹劾郭勋贪婪以及权臣严嵩等，同时极力荐贤，举海内才望问学之臣王畿等十四人任用。当时的首辅夏言对于到处传播王门学说的王畿很是厌恶，并因此迁怒于戚贤。夏言在嘉靖帝前添油加醋说王畿、戚贤的坏话，激怒了皇帝。于是下诏，二人同时遭贬落职。戚贤从京官被贬为山东布政使司都事，他索性辞官不做，致仕回到全椒。这才有了他潜心南谯书院讲学的机缘[①]。

先前戚贤任归安、唐县知县期间，即于当地修学宫，兴弦歌，教化生民。早在嘉靖十二年（癸巳 1533）冬，他进京述职归途回椒，寻访到县城门东北二里处，有一座荒弃已久的旧尼庵，于是动员官绅义民捐资，并于次年（甲午 1534）改建学舍，名曰“南谯书院”。其后几年戚贤在京为官，官声学养皆为人重，戚贤也心系书院，成为业余办学的山长。

此时，江南各地陆续兴起一些书院，以王阳明一批著名弟子及后学为代表的“王学七派”（浙中王门，南中王门、江右王门，楚中王门、闽粤王门、北方王门和泰州学派）逐渐形成，他们多以书院为基地，传播各自的学术主张。从学术宗旨来说，王门各派均以阐发阳明学说为己任，尤以发挥“致良知”说为重点，对“良

① 参见《明史·卷二百八·列传第九十六·戚贤传》。

知”本体的性质特点及“致良知”的途径，展开具体的探讨。

戚贤属于南中（江淮及江南）王门代表人物之一，该派主要学者还有查铎、徐阶等。该学派认为“心”即“良知”，是世界的本体。“良知与知识不同。良知是天命之性，至善者也。知识是良知之用，有善有恶者也。”他还认为天命之性能生万物，而天命之性又不与万物匹比，所以谓之“自知”“独知”，这就是“心之灵”。又认为循“天理”，去“习气所蔽”即“致良知”。“慎独即是良知”，时时不忘遵循“天理”，使“念虑觉识”和视听言动“不为习气所蔽，即是致良知”。

在职为官，戚贤常与师友们谈经论学。如今，戚秀夫归来，专事从教南谯书院，成为专职山长，他一心利用书院，研习传播师门学说，启发更多的学子致良知，知行合一，修身治事，继往圣之绝学，为生民社稷鞠躬尽瘁。

南谯书院修缮一新，廊庑周垣，树木葱茏，庖寝有致，院门匾曰“南谯书院”，门前一池清水，水畔立牌坊。嘉靖十八年，又在园内左侧建一座讲堂，名曰“聚乐堂”。“聚乐堂”之意源于孟子的人生有三乐：“父母俱在，兄弟无故；仰不愧于天，俯不怍于人；得天下英才而教育之，三乐也。”也寄寓范仲淹的“先天下之忧而忧，后天下之乐而乐”和欧阳修“与民同乐”的含义，故名“聚乐”。

一时间椒陵学子奔走相告，江湖名贤纷至沓来，明泰昌《全椒县志》记载：在南谯书院“文学执经问难者不下百四十人”，成为当时的文化学术重镇。戚贤同门的阳明弟子闻讯接踵而至，轮番执教。全椒、滁州距南京一江之隔，阳明弟子频繁往复其间。先后到南谯书院论学的王门学者有王龙溪、钱德洪、罗念庵、唐荆川，以及后来的南京太仆寺少卿周汝登等。当时的全椒县令凌约言说道：“先生（戚贤）讲阳明之学，与王龙溪、罗念庵、唐荆川为天下俊。凡观风者，车盖过南谯，必造先生之庐而请焉[①]。”

王畿和戚贤关系密切，曾多次来访南谯书院。与王畿、戚贤等过往密切的还有一位全椒籍仕人吴藩，字价甫，号前峰，进士出身，授南京兵部武库主事，升职方员外郎。吴藩在朝为官时，常与湛若水、邹元标、王龙溪一起探讨良知之旨。因严嵩专权而罢官回乡。回乡后造一座宾峰亭，王龙溪到全椒论学“或弥月，或半月而去”，时常与戚贤吴藩等在宾峰亭上吟诗作赋。

阳明学的重要传人罗洪先，字达夫，别号念庵，江西吉水人，嘉靖八年考中状元，与戚贤是挚友。嘉靖十八年（1539），罗洪先升左春坊左赞善之职，在往京师的途中，过全椒拜访在乡丁忧的戚贤，正逢南谯书院聚乐堂建成。罗洪先与戚贤相游全椒山水名胜。十二年后（1551），罗洪先应戚贤要求，写下《南谯书院记》。

罗洪先

① 明泰昌《全椒县志》民国《全椒县志》卷九“职官流寓”第16页，载以上几人及唐顺之。

南谯书院记

罗洪先

嘉靖己亥（十八年 1539）冬，余如京师，访南玄戚君秀夫于全椒。入南谯书院，会聚乐堂初成，遂偕之游。将行，戚君率诸生康贯等，索余言为记。且曰：“勿令他日忘斯游也。”余诺之。未几，谪归，不果为。后十二年，为庚戌（二十九年 1550）之冬，戚君书来，理前语，余方病。明年辛亥夏，走使敝庐，促曰：“碑久砻矣。”病不得谢，因追书其事以复之。忆落成之日，诸生有问可欲谓善之旨者，戚君逊余。余出所闻为答，不以自疑，闻者莫不首肯，亦未有以余言为非者。自今视之，固不胜其愧发也。夫所谓“可欲”云者，犹曰“自慊”云耳。天之与我者至善也，而不可以指陈；于不可指陈之中，而欲言之以示人，则亦不得不即人心之所自慊与其所自疚者，使自求之。当人心之自慊也，必有可欲者存，不啻如刍豢之悦口而不容已焉。苟为不然，胡为而不厌弃之乎？故即其可欲，而善可知矣。当人心之自疚也，必有不可欲者存，不啻如疾痛之危身而恐相浼焉。苟为不然，胡为而不隐忍之乎？故即不可欲，而不善可知矣。是心也，不特好仁者为然，有指善而告之，虽庸夫称子亦将感激而动于中。不特改过者为然，有指不善而告之，虽元恶大憝亦且沮丧而揜其外。故曰：“此天之所以与我也。”异时所答，固不能详。然于善不善之间不以自疑，亦曰：“余既已知之矣。”

而十有二年以来，谓之知善矣，而自慊或不在是，是未尝知其可欲也。不知善之可欲，犹不知刍豢之悦口者也。不知刍豢之悦口者，未尝遇刍豢焉耳。世有遇悦口之味而不好者乎？则亦未尝知善之类也。谓之知不善矣，而自疚或不在是，是未尝知其不可欲也。不知不善之不可欲，犹不知疾痛之危身也。不知疾痛之危身者，未尝蒙疾痛焉耳。世有蒙危身之祸而不恶者乎？则亦未尝知不善之类也。未尝知善与不善，而不以自疑，人亦不以为非，何也？此出于口，彼入于耳，皆未尝求诸己故也。夫以庸夫稚子之愚侗，犹知感激矣，而出于口者，顾无得于体会之余？以元恶大憝之悍厉，犹知沮丧矣，而入于耳者，竟无得于悔悟之后，则又何也？天所与者为性，而求诸己者为学。彼庸稚憝恶之可与知者，天性之所以不泯。出口入耳之不足为知者，以其无益于学，而又适以害之也。知口耳无益于学，而后知求诸己者之为功，余勉焉，而未之得也。其能终免于愧心乎？而尚可以有言乎？若诸生，则亦自有责矣。

国家养士于学，建之师长，别之斋署，厚之饩廪，肄之器业，可谓备矣。戚君推法外之意，择名胜而馆谷之，以有书院之设，毋亦曰："善游息之地，以顺遂其性，将无有相观而善出于其间，近之足以善乡国，而远之足以善天下，其犹劳徕张弛之道哉！"而诸生者，亦既群聚而乐其成矣。苟于善不善之间，万一有如余所言者，惟口耳之传，而莫知在己之所得，不亦负戚君之望，而重养士之累哉！固在诸生之自考者何如也？

书院旧为尼庵，嘉靖甲午，戚君遂其侣而归之学，后署为南谯书院。前庑后寝，庖湢有序，缭以周垣，垣下为坊，坊前为池，池外为门，而聚乐堂在其左。出羡帑而嗣葺之者：清屯御史项君澜，巡盐御史陈君缟、吴君悌，知县李君舜民。慕义而董役者：义民彭龄、吴钊。全椒邑辟而旷，惟斯地溪谷稍邃。然为尼所据者，百数十年，向非戚君倡明正学，辟而更之，则何以刷其污而得跻于今日之盛也哉。今其地以戚君之重，游人过客无空岁。来则必与诸生登眺于斯，有如诵其愧心之言，而取以相益，又思有以正之。则是记也，独旧游之私而已乎？

（明万历《滁阳志》艺文卷十三上）

南谯书院在全椒、滁州以致江北，延续了一代又一代文脉。嘉靖三十二年（1553）戚贤病逝。继南谯书院之后，阳明后学知县杨道臣又在学宫旁建立了一座望阳书院，继续南谯书院的事业。阳明后学著名学者周汝登为望阳书院题额，并亲为记：

望阳书院记[①]

周汝登

全椒有戚秀夫先生者，世庙时同王文成高弟龙溪王师、绪山钱先生、念庵罗先生，论学椒之南谯书院，椒人固知有学矣。余不佞承乏罔贰，履文成所说，遗化依然。因动哲人之思，与滁州刺史、博士弟子员，月会学知堂，共究文成旨。椒孝廉金九陛、鲁国俊及庠彦吴翼明等从余游，归谋诸令君。令君毅然以兴起后学为己任，构书院于黉宫左侧，聚徒求友。予嘉厥志，已题额为“望阳书院”矣。逾年，令君率学博白君可绶、黄君子淳、朱君相金、鲁

① 民国九年《全椒县志》卷七学校·书院。

吴生问记于余。余曰：讲院之设以讲学，不明其不认指为月也者几希，阳明王子大揭良知之旨，今古学始有所归。肃宗天语曰“有用道学而有明斯文之运，如日月中天，良有以也。”说者谓良知创自文成，不知始自孟子。即孔子曰，“知之为知之，不知为不知”正良知也。舍文成之教以从事于学，犹越人适燕者南其辕，去逾前误逾远矣。万古一息，毫厘千里，同志者辨之。秀夫私淑阳明，椒士私淑秀夫。诚不以秀夫求秀夫、阳明求阳明，则自身良知，人人具足。斯固尔椒人之真学，即余言亦赘矣！令君杨氏名道臣，温陵人，有为如是，是亦圣人之徒也。

兴建望阳书院的是全椒县令杨道臣，正是有这样的地方主

建于明隆庆六年的奎光楼

官，景仰阳明，崇尚“致良知”，注重地方文化传承，优秀传统文脉才能生生不息，持续绍隆。明代遗存至今的全椒“奎光楼”也是一座文化标志。隆庆六年（1572），南谯书院余热尚炽，县令严儒麟采纳前任县令畲翔的建议，申尊经重儒之旨，在襄水之滨学宫东侧建一座尊经阁，严儒麟带头捐俸，督工兴造。阁成后，椒陵士子纷纷拜学于此。尊经阁旁兼有文成公祠，阳明弟子如唐顺之、罗念庵、周汝登、汤显祖等，到全椒必登临此楼，观襄水环流远去，思文成、南玄师业未竟，不由得感慨万千。万历以后，这里也成为明清士人聚众读书讲学之所。明万历十六年（1588）、清顺治十年（1653）、康熙四年（1665）历次重修。清嘉庆年间第四次重修时，更名为“奎光楼”，意味着企望更多椒陵学子登科及第，光耀桑梓。民国元年改名国光楼，当代又复称为“奎光楼”。在奎光楼附近还有一块据说是朱熹手书“仙苑”的刻石。前几年，全椒儒师项东升先生在楼上开办“奎光书院”，讲授诗文经典，吸引了远近不少国学爱好者。论及戚贤，知者为数不多，五百年前名扬遐迩的南谯书院，当下已经难寻踪迹……

二、胡公淑阳明

嘉靖王朝漫漫四十五年，却是滁州阳明后学蓬勃发展的时期，除了太仆寺人在其中功不可没外，对传播王学做出突出贡献的还有一位重要人物——滁州籍名宦、“南都四君子”之一的兵部尚书、吏部尚书、卒赠太子少保，谥“庄肃”的胡松。古代民间俗称吏部尚书为天官，所以，滁州民众也称其为“胡天官”。

胡松（1502—1566）字汝茂，滁州人，世居定远，元末避乱迁居滁。生于弘治十五年。幼颖悟，家贫，常从人借书抄读。嘉靖八年（己丑 1529）进士，知东平有声，设方略捕盗，民赖以安。秩满，任南京兵部员外郎，不久改礼部祠祭司进郎中，又升湖广参议。时值滇湘边境苗族之变，协剿镇，因功迁山西提学副使，视学政，多得隽彦。嘉靖二十年（辛丑 1541）秋，时蒙古虏酋俺答率兵十万寇太原，致十余万民众仓皇逃难。面临危难，胡松审时度势，毅然给嘉靖帝上疏《边务十二事》，弹劾巡抚、总兵官等一批庸官，并力陈朝廷，招抚逃奔漠北壮士，给予耕牛籽种，蠲免田赋，促之屯垦以固边陲等对策。世宗嘉其忠恳，进左参政，协守雁门三关，听抚臣委用。然而胡松切中时弊的奏疏，触忤了边关大吏和朝中权贵，遭到嫉恨排挤，让他坐冷板凳，并唆使言官弹劾胡松建言冒功，虚议无补。听信谗言的皇帝，于是下诏将胡松削职为民。落职家居十七年。

滁州镜园内的胡松雕像

这一段史料记载了胡松被罢官以前的生平，我们再接续胡松与阳明学和滁州有关的事迹，作进一步考述。

嘉靖二十一年，将近不惑之年的胡松罢官之时悲愤满怀，痛感“直道深悲行路难”[①]。回到滁州以后，家乡的山水风光和淳朴民风、父老亲情驱散了他的郁结情绪，王阳明龙场悟道的精神给他莫大的安慰。他趁此闲适专心治学，研读诗书，披阅典籍考古究今，经世之学日趋成熟。又设“尚友堂”，交往天下有识之士，与王门高足等多有往复。访求同志，倾怀纳交。唐顺之（荆川）、罗洪先等名学者无不心敬之。嘉靖二十七年（戊申 1548）冬春，胡松与罗洪先、唐顺之“东游吴越，纵观山水之胜，在宜兴山中盘桓论学，考释究解，历览形胜，当有脱悟处也，罗唐二公并有志学古者，而松公之神已脱然超上乘矣”。

嘉靖四十一年后，任太仆寺丞的南海人（今广东省广州市）霍与瑕在《胡庄肃公遗稿》序中有一段话描述胡松被罢官居乡的情形：

公既退处，乃读秦汉古书，究濂洛精义，游会稽，探禹穴，历览雁荡庐阜，以发舒其潇洒寥廓之况。遍访世之闻人与上下，其议论以要诸中，措而为文，骎骎然方驾古之作者矣。尤留心当世之务，凡所报书，知旧道及民间利弊，时事艰难，指摘痛切，规画周尽，了然可见之行事天下，士大夫咸推重之。每有一方小儆，必屈指曰，非柏泉公不办。此视公不啻洛下司马、东山谢安也。

① 胡松：《东归道中怀太原潘子抑》，《胡庄肃遗稿》卷二。

可见胡松在乡期间，修学悟道交游精进，壮怀天下，关切民生，社情利弊了然于心。一如阳明先生贬居贵州，于困窘之境成就了大智慧。

早在胡松少年时，阳明在滁讲学，松年方十余岁，耳闻成年儒生传习王阳明的讲学语录，似懂非懂。28 岁中进士时，阳明先生已于前一年（嘉靖七年）去世。入仕以后，他对王学思想有了进一步了解，且与王学门人多有交流，与罗洪先、唐荆川等人成为终生善友。

阳明先生去世后，弟子们从不同的角度拓展阐发心学，逐渐形成了不同的门派。王畿（龙溪）与聂豹（双江）之间展开了致知之辩，内容涉及王学的良知是否为心的最高本体和能否起主宰作用的根本问题。两人围绕在先天心体、已发未发、寂感、诚、乾知、自然知觉、知爱致敬等七个方面展开了激烈辩论。

这两位都是阳明学派的精英。王畿，前文已有介绍，他是王阳明高徒，浙中王门的领袖。该学派认为“良知”说是当世学术的精髓。聂豹（1487—1563 年），字文蔚，号双江，江西吉安永丰人，属于江右王门学派。正德十二年（1517）进士，为平阳知府，官至兵部尚书，是明代有名的廉吏之一，位列大卿而神思静逸，有飘然岩壑高举物外之气。聂豹推崇王阳明的“致良知”学说，但他认为良知不是现成的，强调于未发之中，要通过“动静无心，内外两忘”的涵养功夫才能达到。他们都认为良知是根本，但如何实现良知，却各有途经，论辩各持其说。

古人常常围绕学术命题展开论辩，这是一种良好的学术风气。师友、同门之间的论辩，并不伤害彼此情谊。

后来，王畿将两人辩论的文集送给同为王门学宦的滁州人胡松，请他“裁订是正，为余梓焉”。两员王门大将辩论文集，竟然请胡松裁订，可见胡松的学术地位非同一般！胡松谦虚了一番以后，为此作《良知议辩序》。文中云：“王先生始在滁，辄教学者静坐澄心，盖亦此意。而当世弗察，哗然谓禅。门人有疑而问者：‘世谓先生为禅，何也？’。先生曰：‘吾学非禅，吾学孔孟正学，即使孔孟复生，当不能易。’第吾涵养未之逮尔。”“嗟乎！此余髫年所亲闻于诸老儒者，岂非实录哉！”

嘉靖十四年（1534）正月，王阳明高足钱德洪等编辑《阳明先生文录》，邀请胡松承担了文录的校阅，文录序后注“校阅文录姓氏：后学吉水罗洪先，滁阳胡松”。

胡松落职在乡十七年，正逢南谯书院、阳明书院传播王学兴旺期间，王门高足频繁往来于南都、全椒、滁州之间，胡松与他们研习论学，对致良知学说有了更深的理解，增强了传播王学的信念。

在许多廷臣强烈推荐下，嘉靖三十八年（1559），朝廷重新启用胡松，此时的他已经修炼成为以王守仁为楷模的文臣儒将，转战于陕赣浙闽广，纵横捭阖之间，胸中自有致良知导航，巡抚江西时，还去白鹿洞书院讲学。

嘉靖四十一年（1562），胡松刊刻了王门后学翘楚罗洪先的《念庵罗先生文集》十三卷[1]。

明嘉靖四十二年（1563），胡松巡抚江西，将要回调兵部。四

① 张卫红：《明代安徽私家刻书考》，《四川图书馆学报》2015 第 2 期。

月，值《王守仁年谱》编成，门人钱德洪作《阳明先生年谱序》，罗洪先作《阳明先生年谱考订序》，王畿作《刻阳明先生年谱序》，胡松、王宗沐又序。几位老朋友商量，希望胡松襄赞刻印《王守仁年谱》。罗洪先说：“柏泉兄您是滁州人，阳明先生曾经在那传学教化。如今您仍在宦途，诸公认为，宜由您作序并尽快刊刻先生年谱！”

胡松责无旁贷地承担了作序和刊印的任务。他在序文中叙述了阳明高弟们编订先生年谱的经过。又以诸多篇幅谈到自己对阳明学说的理解和景从，从静坐悟道、知行合一到致良知，天下百虑万事，“知”者在心，概莫能外。故其当大事，决大疑，夷大难，不动声色，不丧匕鬯，而措斯民于衽席之安，皆其“良知”之推致而无不足，而非有所袭取于外。由此可见，胡松成为一名心学思想的践行者，已经渐达出神入化的境界。

刻阳明先生年谱又序

胡松

人有恒言，真才固难，而全才尤难也。若阳明先生，岂不亶哉其人乎？方先生抗议忤权，投荒万里，处约居贫，困心衡虑，茕然道人尔。及稍迁令尹，渐露锋颖矣。未几内迁，进南太仆若鸿胪，官曹简暇，日与门人学子讲德问业，尚友千古。人皆哗之为禅。后擢佥副都御史至封拜，亦日与门人学子论学不辍。而山贼逆藩之变，一鼓歼之。于是人始服先生之才之美矣。虽服先生之才，而犹疑先生之学，诚不知其何也。

松尝谓先生之学与其教人，大抵无虑三变。始患学者之心纷扰而难定也，则教人静坐反观，专事收敛。学者执一而废百也，偏于静而遗事物，甚至压世恶事，合眼习观，而几于禅矣，则揭言知行合一以省之。其言曰：“知者行之始，行者知之成。”又曰：“知为行主意，行为知工夫。”而要于去人欲而存天理。其后，又恐学者之泥于言诠，而终不得其本心也，则专以“致良知”为作圣为贤之要矣。不知者与未信者，则又病“良知”之不足以尽道，而群然吠焉。岂知“良知”即“良心”之别名。是“知”也，维天高明，维地广博，虽无声臭，万物皆备。古今千圣万贤，天下百虑万事，谁能外此“知”者。而“致”之为言，则笃行固执，允迪实际，服膺弗失，而无所弗用其极，并举之矣。岂专守灵明，用知而自私耶？用智自私，而不能流通着察于伦物云。为之感而或牵引转移于情染伎俩之私，虽名无不周遍，而实难于研虑，虽称莫之信，果而实近于荡恣，甚至藐兢业而病防检，私徒与而挟悻嫉，废人道而群鸟兽，此则禅之所以病道者尔！先生之学则岂其然乎？故其当大事，决大疑，夷大难，不动声色，不丧匕鬯，而措斯民于衽席之安，皆其“良知”之推致而无不足，而非有所袭取于外。

他日读书，窃疑孔子之言，而曰：“我战则克，祭则受福。”夫圣非夸也，未尝习为战与斗也，又非有祝诅厌胜之术也，而云必克与福，得无殆于诬欤？是未知天人之心之理之一也。夫君子斋戒以养心，恐惧而慎事，则与天合德，而聪明睿知，文理密察，溥博渊泉，而时出之矣。则何福之不获，何战之弗克，而又奚疑焉？不然，传何以曰：“明乎郊社之礼，禘尝之义，治国其如视诸掌乎？”夫郊社、禘尝之礼，则何与于治国之事也？夫道一而已矣，通

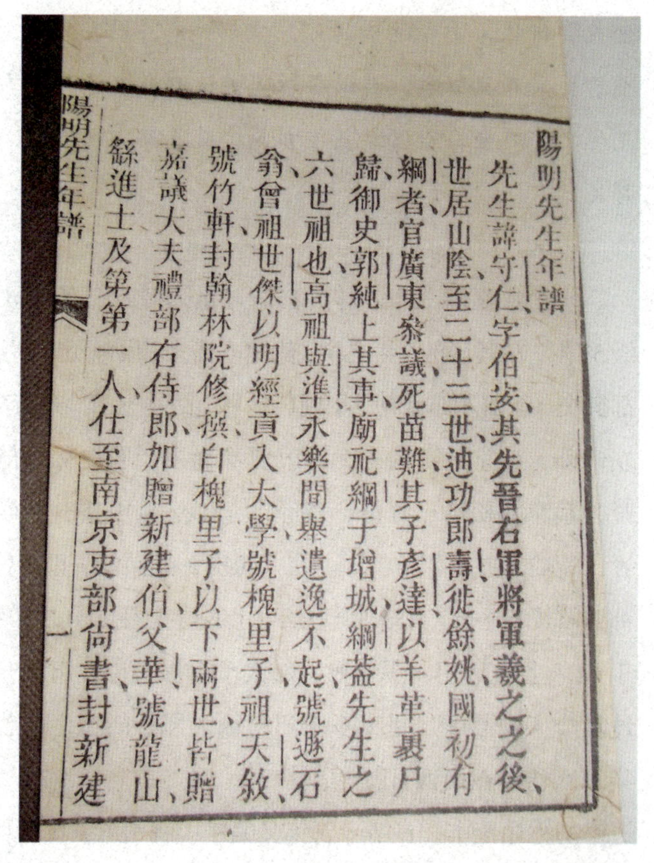

陽明先生年譜

先生諱守仁字伯安其先晉右軍將軍羲之之後世居山陰至二十三世廸功郎壽徙餘姚國初有綱者官廣東叅議死苗難其子彥達以羊革裹尸歸御史郭純上其事廟祀綱于增城綱蓋先生之六世祖也高祖與準永樂間舉遺逸不起號遯石翁曾祖世傑以明經貢入太學號槐里子祖天敘號竹軒封翰林院修撰自槐里子以下兩世皆贈嘉議大夫禮部右侍郎加贈新建伯父華號龍山舉進士及第第一人仕至南京吏部尚書封新建

陽明先生年譜　一

阳明先生年谱书影

则皆通，塞则皆塞。文岂为文，武岂为武，盖尚父之鹰扬本于敬义，而周公之东征破斧实哀其人而存之。彼依托之徒，呼喝叱咤，豪荡弗检，自诡为道与学，而欲举天下之事，只见其劳而敝矣。

绪山钱子，先生高第弟子也，编有先生年谱旧矣。而犹弗自信，溯钱塘，逾怀玉，道临川，过洪都，适吉安，就正于念庵诸君子。念庵子为之删繁举要，润饰是正，而补其阙轶，信乎其文则省，其事则增矣。计为书七卷，既成，则谓予曰：“君滁人，先生盖尝过化，而今继居其官，且与讨论，君宜叙而刻之。”余谢不敢而又弗克辞也，则以窃所闻于诸有道者论次如左，俾后世知先生之才之全，盖出于其学如此。必就其学而学焉，庶几可以弗畔矣夫[①]。

胡松从嘉靖三十八年（1559）重返政坛，始为陕西参政，已经57岁，在其后的7年之中，他建立诸多功勋。历官浙江按察使、副都御史、江西左布政使。平闽广流贼，战功显著，升兵部右侍郎，转左侍郎，南京兵部尚书，寻改吏部尚书。明史称赞他“以屏贪进贤为拳拳。松洁己好修，富经术，郁然有声望。从事于姚江之学者，其功名亦略相仿佛”。在《明史·吴悌传》里，曾称他为“南都四君子”之一。嘉靖四十五年（1566）十月二十二日胡松逝世，享年64。上为辍朝，赐恤典，赠太子少保，谥庄肃。归葬滁州，墓地在今来安县十二里半乡新河村徐大郢。胡松生前著有《胡庄肃集》八卷，在山西任提学副使时编辑《古名臣奏疏》，是为士林进修的程序范本。嘉靖十五年又编修《滁州志》（已佚）、辑《唐宋元名表》等。胡松的一生，可谓以王阳明为范的治国安邦之良臣。

三、良知筑盂坝

滁州古城上水关到下水关，弯来弯去的内城河两岸，碧波映照，杨柳依依，坐落着衙署、察院、卫所、学宫和塔阁、祠庙，分布着鳞次栉比的商铺、客栈、茶肆酒楼；直街弯巷排列几千户民

① 《王文成公全书》卷之三十六《年谱附录二》，第1557页。

居。岸边河埠头人影绰约，河面上飘荡着阵阵轻烟和淡远的雾气。这条河本名小沙河，但滁人很少叫这个名字，他们总把这条河与西涧相连，“春潮带雨晚来急”，韦应物寻到了这河的源流吟诵出千古绝唱。千秋岁月，这条河滋养着古城一代又一代生灵风物。但是大自然带给人们的总是有利有弊。两关之间，从上游到下游，河床落差好几米，夏秋河水充盈，一片波光粼粼，而冬春水量下泄，则河瘦岸远。若遇洪水或旱象，河水丰俭更为悬殊。古人探索平抑河水的办法，于是在下水关东200米的河道上，筑起一条梁坝，平抑河水以保持适当的水位，这座梁坝是明万历初年王阳明的学生滁州人孟津修起来的，所以被称作“孟公坝”。

孟津先跟随王阳明和湛若水学习多年，经学造诣深厚，以前一直在家侍母讲学。嘉靖二十二年（癸卯1543）举于乡，已逾不惑之年，被授以温县知县，不久又调任黄冈。他秉良知治政，很受百姓拥戴，上司也认可。后升任宝庆府（今湖南邵阳市）同知。《宝庆府志》记载他的宦绩，谓其“古貌古心实德实政”。孟津在湖湘为官期间，既身体力行实践阳明学，也传播阳明学。他曾声称“愿阐师门同然之蕴，以播江汉”。阳明高弟邹守益在《阳明先生书院记》中写道：“阳明先生官滁阳，学者自远而至。时孟友源伯生，偕弟津伯通，预切磋焉，逾四十年，而伯通令黄州之黄冈，以所闻师友者，与两庠来学及诸缙绅宣畅之……”[①]在黄冈任上，孟津对来访的阳明后学同道宣城麻瀛说：“我近来辑录了《良知同然录》为二册，阳明先生心学的精微大义经纶学说都包含在这里，准备

① 董平编校《邹守益集》卷七。

将此书印出来，以告知志同道合的友人，也提供给乡学的学子们学习。”嘉靖三十六年（丁巳 1557）夏，孟津刊刻了《良知同然录》。他在自序中说明了编辑此书的目的：“吾惧乎学之日远于良知也，乃为辑《同然录》，以授吾两庠之来学，使翕然兴起之余，得斯录而各知求诸其心焉。以此而成身，以此而淑人，以此而施诸家国天下，庶几乎一体同然之义，而圣学之要因是以复明。岁在嘉靖丁巳夏五月端阳日，门人南滁孟津书于赤壁之舟中。”孟津希望学子们，以求良知同然一心，以此修身立德，以此善待他人，以

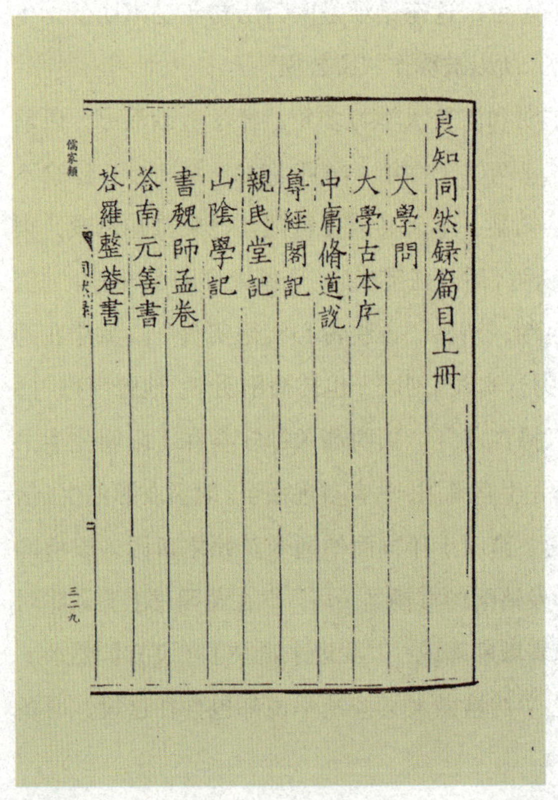

良知同然録篇目上冊

大學問

大學古本序

中庸脩道説

尊經閣記

親民堂記

山陰學記

書魏師孟卷

荅南元善書

荅羅整菴書

儒家類

三二九

孟津编辑《良知同然录》书影

此齐家治国平天下。孟津所寄托的“心之所同然者”是什么呢？就是所谓天理和道义于心，是阳明学的核心要义“致良知”。

当代日本早稻田大学学者永富清地对《良知同然录》做了研究，认为，《良知同然录》早于隆庆六年（1572）谢廷杰编辑的《王文成公全书》成书之前，已经编成并刊行于世，是明代传播阳明心学的重要途径之一[①]。

约在嘉靖四十年前后，孟津致仕回到滁州。他常与州府司院和太仆寺的有识官吏们交流议论，阐明良知之学。孟津是滁州阳明弟子历世最久者，多次陪同王门高足及阳明公子王正忆谒先生祠，参与论讲盛会。每次王门学人在滁聚会，孟津都与冏卿州守相与共论。在他70多岁时（约万历四年1576），还与太仆寺卿石星在书院交流良知之学。有诗为证：

答石东泉太卿问学二首诗在书院[②]

孟津

其一

七十过残入渐来，鬓毛皤尽觉心开。
喜逢知己来谈学，渐负虚名岂竭才。
此事年来多冷眼，如君宦寓几开怀。
相求须信无奇事，只此真几要入微。

① 见《明代安徽私家刻书考》第193页。

② 《南滁会景编》第六册卷六“醉翁亭诗集”《阳明书院》，黄山书社2016年版。

孟津历正德、嘉靖、隆庆、万历四朝，是滁州阳明后学的代表人物，全椒人杨于庭（字道行，万历八年［1580］进士，官至兵部侍郎）在他的《杨道行集》卷二十“两峰先生诗叙”一文中，叙述了嘉靖时期滁州阳明学宦孟津、戚贤、胡松等人的风格特点，对孟津有生动的描述①：

肃皇帝时，吾郡盖有三先生，云德行则太宰胡庄肃公，气节则都谏戚公，而道学则郡丞孟公。孟公者，学者所称两峰先生者也。庭生而不逮，都谏公犹远，庄肃公而不获见殒，幸见孟先生。孟先生是时耄，而庭甫舞象岁，然而先生得余欢也。“孺子、孺子乎，诏而良知而悟不？”庭唯唯。盖其学于阳明先生为高弟，而更印证于甘泉湛先生、东廓邹先生及念庵罗先生，称同志友矣。先生虽不亨于官乎，及先生在而郡国守相之愿见先生者，至不敢以干旌导。既见，而充充然亟自得也。岂所谓桃李不言，下自成蹊者哉！梁木其坏，学者用夷。而先生守师说如鲁人之馋鼎。已逾太耋，硕果犹存，矻矻为郡祭酒。然余不知其娴于诗也……

万历初年，孟津已年逾古稀，是一位德高望重的乡贤。他把阳明的良知说化在实事上，关心乡邦的民生、社会和文化教育，深思熟虑在下水关外内城河上修筑滚水坝，平衡上下游水位高程，使其涨泄有度，遇洪则漫坝而下，水低则拦其下注。稳固水势益处有三：一为固守城关，水关下常年有水，有险可峙。二为培蓄学

① 杨于庭《杨道行集》卷二十，黄山书社2012年版，第248页。

下水关孟公坝

宫风水，古来形家谓黉宫前清波荡漾，水面文章为天下自然之文，寄托滁州文运升华。三为保障两岸百姓生活用水，不至于旱涝而忧。孟津走访于河道两岸，游说于官府乡绅之间，此举大得人心。他领头捐资，众人合力响应，测量水位，招工庀材，土石砌磊，三月而坝成。官民异口同声称之为“孟公坝”。

到了清顺治十二年至十四年（1655—1657），又一位滁州乡贤饱学之士金拱敬，时任太仆寺少卿，管吏部文选司郎中事，居乡丁忧，见横亘于水上的孟公坝已多年失修，于是游说于前后两任知州杨凤仪和宁鸣玉，多方措资修缮孟公坝，坝身增高五尺有余，坚固有加。20年过去，康熙十六年（1675），滁州知州余国楷再次修葺孟公坝。这两次重修都留有《重修孟公坝记》[①]。

① 见光绪《滁州志》卷之三一《营建志》。

如今距孟公坝始建已经四百五十年，内城河依然川流不息。上下水关作为省级文物于近年重修，而孟公坝早已破败不堪，静静地安卧在流水之中，期待着“有人问津”！

第九章 ‖ 心光照滁州

明朝中后期，朝政渐趋荒唐颓败，边患内耗不断，皇帝乱作为或不作为。社稷江山虽已病态，但多数州郡仍较安定，究其原因，朝中尚有中直才俊大臣勇于进言，秉公执事，间有改革变法，如张居正主政，革除了一些弊政，推行一系列新法，在一定程度上缓和了社会矛盾。更主要在于地方守丞多为经学之士，不忘儒家道统，还算守职尽力。滁州自宋至明，历有大儒名臣来治，仁政之道接踵，为代代宦者所观照。欧阳修“与民同乐”思想“得之于酒而寓之于心”，王阳明“知行合一”“致良知”的亲民为政思想，对滁州官吏的影响显而易见。尽管嘉靖、万历并非好时代，但滁州在这百余年间，社会文化却多有增益，且有可圈可点之处，此皆得益于地方官吏和南京太仆寺官员景欧崇王，相得多益。这一时期，滁州阳明弟子以及王门再传弟子、后学儒宦，陆续贬官或致仕回乡，如胡松、戚贤、孟源、孟津、朱勋、周冕等人，成为一方敬慕的乡贤，他们与地方官吏和太仆卿们交往论学，参与谋划地方治理，以阳明思想治政。王阳明强调，“亲民之学不明，而天下无善治矣”，认为“亲民”是儒家一直以来不断追求的政治目标，在治理中要重视民心和民意，主张执政者“当以民心为心”，倡导理政以民为核心，增进民生福祉。为官要有忧民之念，主张“所以忧之者，虽各以其职，而其任之于己也”。中国传统观念认为，“世运之明晦，人才之盛衰，其表在政，其里在学”（张之洞语，见《劝学篇·序》）王阳明的亲民思想，立足于儒家以民为本的根本精神，以儒家“仁德”为核心价值，提倡为政之道在于明德、亲民，为政以德，推行德治。为政者要以德修身，为政者要用道德人文精神化民成俗。历受阳明思想熏染的滁州官吏，以民为本，以善为怀，仁民爱物，整顿吏治、以礼治德育教化民风，兴办了一些务实利民之事，如奏疏宽政、勘踏灾伤、赈灾减赋、关心民瘼、修桥筑路、治河筑坝、完善邮传铺递、守城防寇，保障一方安宁。尤其重教兴文，设立社学、教化民众、以德化民，深为滁人感念。

一、亲民纾困厄

王阳明主张“致吾心良知之理于事事物物”“但举大事，须顺民情”“惟民之所欲是从耳”“惟吾民之所愿是顺耳”。对于受到阳明思想熏染的滁州为官者而言，仁心担当就是致良知的过程，亲民爱民就是实现至善的途径。下文遴选三段关怀民生疾苦，排忧解难的历史故事。

——减负轻徭舒民瘼

滁州是南京太仆寺的驻署，朝廷养马政策的利弊，滁州首当其冲。明代实行养马（包括驴）于民间，按劳力和田亩畜马，一家认领，几户协帮，实是民间一大负担。而滁州又摊上起运大州，马数多至千余匹，仅本州就摊650匹。养不出马，还要到北方买马来充抵。明中后期，滁州的赋税愈加繁重，缴纳养马折银等赋役，各种杂费科税，运送的减耗，加上南北驿站送往迎来，额外的劳役负担，困于征发，令滁民不堪其苦。《滁阳志》卷七田亩记载；万历十一年，额征秋粮、马草、监钞、夏税、农桑、站粮、马亩、里甲、均徭、驿传、民壮等银一万五千九百三十七两……人丁一万七千九百六十七。几乎人均负担一两银子。滁人石玺曾作《驿马吟》，痛述马政给滁人带来的重负："生男莫作滁州民，滁州驿差苦杀人；生女莫作养马妇，差来妻子顾不得……"此情此景，有良知的父母官应如何施政？嘉靖五年任滁州知州的王邦瑞便是其中一位良守。

王邦瑞（1496—1561），字维贤，河南宜阳人。出身寒微，少而有志，勤勉自励，聪慧刚直。正德十二年（1517）22岁中进士。王邦瑞赴滁不久，滁州发生饥荒，继而"疫疠流行"，百姓生计无着，可是朝廷催交多年积欠赋税"催积逋符檄如雨"。滁州原兼全椒、来安两地，此时已析置全椒、来安两县，但"诸岁杂派仍旧贯计"，"利算（指赋税）常与他大州等"。加之境内"又杂诸屯所"驻军。"养马田岁久，率多干没"，民困病厄交织。王邦瑞见此情景心情沉重，寝食难安。如果阳明先生面临此况将如何？王邦瑞知道，王阳明始终以忧民疾苦、济民时困，为当地百姓减免繁重的赋税劳役为主旨。无论初任庐陵，巡抚南赣，还是平定宸濠之乱，所治之地"垂怜小民之穷苦，俯念时势之难为"。他曾上书朝廷："故宽恤之虚文，不若蠲租之实惠；赈济之难及，不若免租之易行"。王邦瑞当机立断，如实向上汇报情况，并提出四条公平减负之策：一要蠲逋欠（免去旧欠的钱粮）；二要均科派；三要平马政；四要减重征。他的建议引起朝廷重视，下旨核实情况。王邦瑞果断先行，组织吏目深入乡里，调查核准造册，宽征薄赋，分别减轻税负钱粮，农民户户释怀。为鼓励贫困人家子弟读书，他筹集资金，在龙兴寺盖了一座“丽泽馆”，亲自从州内选拔30名优秀的学生在此读书，供给生活及笔札费。他常常亲自召唤诸生来讲书，随时指授为文大义。

王邦瑞为官清正，为人严毅有胆识，敢作敢为，官至兵部尚书。嘉靖中后期，他受命镇守边关，保卫京师。二十六年(1547)，任宁夏巡抚，屡次击退犯边胡虏，主持兴修水利，开挖水渠，引黄灌溉，造福一方。《明史》评价：“邦瑞严毅有识量。历官四十年，以廉节著。”因为他刚正不阿，直言敢谏，屡受严嵩奸党诬陷。嘉靖三十二年（1553）被革职除名，遣返原籍。后朝中忠臣志士海瑞等联名上疏，“要戎政重振，非邦瑞不可”。遂于嘉靖三十九年（1560）复官。嘉靖四十年（1561），王邦瑞卒于任，追赠为太子少傅，谥“襄毅”。

类似于王邦瑞这样敢作敢为为民解困造福的官吏，都得到滁州人民的拥戴和敬重，奉入名宦祠纪念。在醉翁亭园内，有一座“冯公祠”，滁人为纪念太仆寺少卿冯若愚父子而立。天启年间，冯氏为保护“醉翁亭记”碑而修建了“宝宋斋”。崇祯年间，冯若愚的儿子冯元飚由给事中改任南太仆寺卿。他继承其父的品德，体察滁州民众疾苦。崇祯十三至十四年（1640—1641），正值江北有农民起义警报，东省道路阻梗，漕水枯涸。朝议派江南一带海运以作筹备，征滁粮三千石。百姓苦乱，田地多荒芜，正额尚忧无法完成，何况海运？百姓纷纷逃离。郡中诸生相约到卿衙哭诉。冯元飚闻知顿生恻隐之心，写文书给漕抚朱大典说，滁州本山城，是舟楫商贾所不到的地方。今年又苦于兵患、饥荒、疫病，残存的百姓还有多少呢？很难担负海运之责。滁州因此特免。滁人感念冯元飚的功德，与其父同祠并祀，

——扑蝗赈灾善职守

明清之际，任职滁州的州官大多三年为期。若是风调雨顺，又有政绩，固然皆大欢喜。若遇天灾人祸，民不聊生，贤佞立现。余国楷任滁州知州期间，恰恰赶上灾害频仍。康熙七年六月，郯庐大地震，滁州城墙崩塌几十丈，民房倒塌无数。康熙九年（庚戌1670），余国楷到任，下车伊始，天灾便接踵而至。余国楷，字云樵，湖广大冶人，拔贡。先父余文明，字健公，乙卯举人，私淑阳明学，曾主持讲学，阐发良知。后任海宁知县，有政声。余国楷继承先父遗学，常温先父诗文，心仪阳明学说。初到滁州任上，即拜阳明祠，见书院破旧，感叹曰：阳明是吾先人之师。先哲堂寝不饰，谈何崇仰圣贤，何谓守土职责呢？他伫立在书院厅堂“止善堂”前深思，致良知就是止于至善，为官善政首要之务，即为善待民生啊！然而天不遂人愿，当年夏天洪水泛滥，秋季又逢干旱。十年（辛亥 1671）五月至秋不雨，田地龟裂，农民叫苦连天。余国楷在烈日之下徒步祈雨，告神慰民于火热之中。九月蝗虫成灾。十一年初夏，蝗虫再次肆虐。余国楷查阅历史上扑蝗的经验，采用明代滁州知州郑庆率官民灭蝗救灾的办法。嘉靖九年滁州发生蝗灾，蝗虫遮天蔽日。郑庆从州衙选挑勤敏精干的官吏十多人，分到各处，组织捕打蝗虫。百姓摇旗敲锣，举火开堑，严加禁防，减轻灾情。嘉

靖十年春天，蝗虫幼蛹繁衍遍野，郑庆又派官吏组织百姓捕杀虫蛹，并下令按捕捉虫蛹的重量，给等量的粮食作为奖励。郑庆的经验启发了余国楷，他率全州吏民大张旗鼓捕蝗，张贴布告，号召男女老少军民人等多方灭蝗，纳蝗一石，给米三斗。不数日蝗虫尽灭，保障了午麦收成。救灾之后，他又组织清丈土地，核准赋税，减轻百姓负担。康熙十二年，也是他上任的第四年，终于风调雨顺，余国楷乃修葺阳明书院，重建书院讲堂“止善堂”。余国楷在滁州六年，他为政宽仁，重视教育，主编州志，修缮城池，重修大观楼，维修孟公坝，奏请禁矿，所举皆得民心。

——吴太仆主修便民路

明代南京到北京的驿道经过滁州。从南京渡过长江，到北岸江浦，经西葛、乌衣抵达滁州。由于多年失修，“自滁抵江浦为南北咽喉孔道，轮蹄交错，一百二十里之间崎岖湫隘特甚。淫雨弥日，则马腹沾泥；山泉迸流，则行人漂没。朔风惨雪，凄楚载路”。南京太仆寺官吏往来于滁州与南都，对这段路况了如指掌。

万历三十六年（1608），江苏宜兴人吴达可由南太仆寺少卿升任太仆寺卿。他信奉王阳明的学说，在滁州几年，常到阳明书院拜谒、听讲。他的同僚，浙江归安人钱士完也是阳明思想的拥奉者，二人执事论学皆有共鸣。恰巧，万历三十八年（1610），戴瑞卿来任知州，他也是阳明心学的信奉者。三位同道一拍即合，重新修缮阳明书院，再修学宫，让肄业学子仰而有望。钱士完还专门考究了阳明当年在滁州传授的学说和《传习录》上记载的阳明语录，拎出金句与吴达可交流。吴太卿进一步感受到，知行合一，将良知落实到为民排忧解难，才能真正取得格物致知实效，进而想到滁南这条烂路，官府车辕尚能行，而城乡里民、贩夫走卒出行往来多有不便，农人使唤马牛、耕作、买卖、运输，更加艰难重重。地方官府财政窘困，难以举事。吴达可与同僚谋划，克服困难决计修路。与知州戴瑞卿会商相关机构、地方名贤，发动捐助。官场诸员纷纷解囊。一时之间，滁州城乡协力，官民同心，筑路修桥。“命官选段，召匠计直，不逾时而工料具集，又不逾时而家挽户输，出钱出工出料，人人乐赴，补其缺，塞其污，土石铺就”。数月后工程告竣，“向之苦于崎岖湫隘者，今渐夷为康衢坦道矣”。吴达可十分欣慰，但仍感不足，又命地方筑路者，在州南十三里甸路旁，构筑一亭，供乡民行路歇脚，遮风避雨，让田间小憩之农人，来往城乡之商贾，在亭中驱寒避暑，喝茶聊天。吴达可称此亭为“便民亭”。亭建成后，他感慨道：“当事君子，第一念恻隐与百姓痛痒相关，便是无限福泽，宁直一方一时之利哉？津途便涉，仰藉二三名贤，匪且鲜矣。”这“第一念恻隐与百姓痛痒相关”，不正合阳明先生所倡仁政者的良知么！

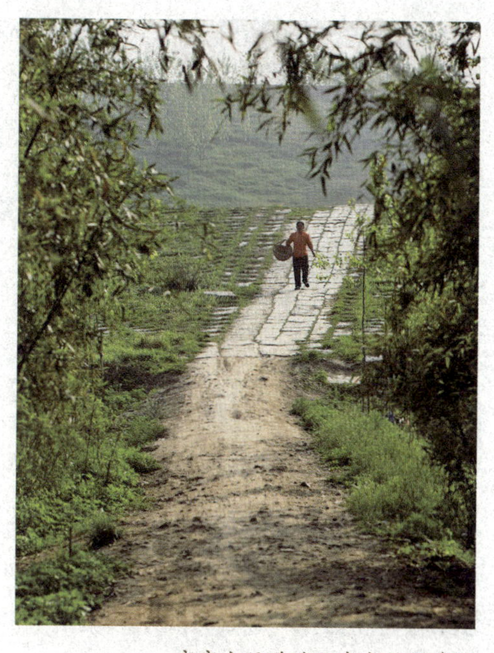
京京古驿道滁阳赤湖铺段遗址

万历辛亥三十九年秋日，吴达可离滁前夕，在他的寺署书斋，挥笔写下《题滁阳修路便民碑记》，寄希望于滁之后任者：“至于由滁而北清流关一带，道路虽远望治，则均更俟仁人君子渐次图之。”碑记勒石立于便民亭中，来往行人，憩于亭中，目睹碑记，交口称赞。

二、同心治关梁

古代铺路修桥是地方官绅的首善之举，而修城治安则是地方官吏的基本职能。滁州古城池建来已久，成型于隋唐，定制于洪武，两宋明清几扩屡修。到明初规制为九里十八步，高二丈七尺。古城构建顺应山水形势，西依琅琊，东临清流，形制如矩，又似太极，很有特点：六道城门扼守，东西两座水关锁澜。水关的形成，源于西山上游诸水，汇入西涧小沙河，径入西水关（即上水关），奔流入城中，蜿蜒横贯顺S形河道东去，出东门下水关，进清流河再滁河泄入长江。这条不足四里长的河流，流淌着历史的变迁，承载着滁州人的悲欢离合，也映照出滁阳古城两岸的风俗民情。从明嘉靖到清康熙一百五十余年间，滁州的阳明后学，行走在河两岸衙署、学宫、田园，秉持良知要“知行合一”“事上磨炼”的阳明理念，引导相助地方官绅，实践儒家传统的亲民安邦治理行为。

——双关锁澜安滁民

上水关早于唐代武德间已有关梁雏形，与下水关一起始建于南宋嘉定十年间，为建康都统司所创。上关圈砖刻有字，依稀可辨“建康都统司创圈砌上水关”。经过历代修造，上下水关同城墙连成一体，成为与六座城门相互依峙的关隘。与滁州民生治安息息相关。

然而，关城常因洪水冲刷、年久失修和管护无常而颓豁。两关虽设而关门常洞，人、马、牛等物宵旦过之，关若虚设。嘉靖二十一年（1542）夏，山洪时至，灰石渐疏，上关三圈之底与城北疏水大墙、御人短墙皆崩离毁沏。适逢新科进士山东滨州赵大纲来任滁州知州。他命捕头往城北抓捕盗贼，差役连夜捕获。赵知州问道："半夜城门尽闭，没有指令，谁让你出去的？"捕头回禀大人："仆等从水关洞门而出。"太守大惊，起曰："尔既可以夜出，盗宁不可以夜入耶？何城守为？"

次日赵大纲亲往查看，又向刚刚落职回乡的阳明学宦滁人胡松咨询往史，胡松告诉他，关城于洪武十年、十六年，成化九年，正德十三年先后修过，但修葺缺乏常制保障，关上兵丁执守时有时无。正德六年，贼寇刘六等聚众掠中原，有少数余党窜之滁境，时下关坏，城中官民惶惶然。幸有官军追杀，贼势穷困逃去，滁城幸免于难。历史教训，一定要未雨绸缪，防患于未然。赵大纲遂召滁州卫指挥使、州同知等军政首领谋划，又上报巡抚同意，组织修缮上下水关工程。赵知州选贤任能，委派莅事勤慎的镇抚武寿主管工程。州城军民纷纷献力，太守又时来督课之。历经半年，水关及城墙毁坏处先后修复，诸工告成。既而又防备外盗出入，关门洞增置铁栅，其上并设辘轳、桩石，以时启闭。关旁复置兵铺一区，具备报警钟锣等器械，且增官兵巡逻。胡松建议，吸取王阳明在太仆寺周边招民设防的经验，在下关荒芜地附近招居民开辟居住，令其葺庐种树，以为关城屏卫。

上水关

府卫请胡松撰写《滁州重葺上下水关记》，胡松感叹道："《诗》曰，'迨天之未阴雨，彻彼桑土，绸缪牖户'。悠悠斯世，谁秉斯心，太守其知道乎？故如是，然后天下国家可得而理也。"

赵大纲修建上下水关的事载入了史册，为后世留下范例。时光流过70余年，到了万历四十二年（1614）冬，知州戴瑞卿捐俸修缮上水关。此后延续四百年，清代间有修缮。如今，历经沧桑的上下水关，依然峙立在滁州内城河东西两端。

——阳明弟子助广惠

跨于内城河之上的还有三座古桥。自西向东第一座为广惠桥，始建于唐永徽间，初为木构，名弘济桥。是西出城关的必经津梁，因年久失修而成为危桥。正德末年，江西宁王朱辰濠叛乱，王守仁大师前往讨伐，兵马道出此地，知州急忙派军民用上百根木柱支撑桥梁。转眼30年过去了，木柱已经腐朽，桥梁眼看就要倒塌。

嘉靖二十七年（戊申1548），江西人熊琦任滁州知州，时在乡居的胡松与已经致仕的滁州阳明弟子、前泉州府学教授朱勋，前南京陕西道御史周冕等几位乡贤一道前去知府衙门，向熊知州请议造桥。此前三年，胡松等乡贤已经支持上一任知州毕竟容募捐重修了城中南北街道上的通济桥。这次新造石桥，工程资费更大。熊知州感叹地说："这是我的职责，怎么敢劳驾诸公？只是州财政捉襟见肘啊！"熊知州倡请募捐修桥。他首先以自己俸禄捐资，州人以家中资产量力而行。胡松等几位贤达赞成募捐之举，慷慨解囊。当年胡松父母双寿并七十，胡松节衣缩食"勉节饘鬻之供"而加倍捐资，以这件好事来行孝心，为父母增寿。又选得主修水关的镇抚武寿来继续主管工程事，并请僧人道士和德高望重的贤达劝募州郡人士。两个月以后集资半数。是年夏，天大旱，稻谷价格疯涨，人们生活困难，集资难以为继。偏偏熊知州又调任刑部员外郎。迫不得已再向全椒、来安以及和州募捐。

嘉靖二十九年（庚戌）之夏开工，滁州同知朱用圭、州判林大材等官吏勤劳不懈，增加匠作，犒劳诸工。武镇抚坐镇督工。大暑天烈日蒸晒，工匠们起早摸黑卖力苦干。时费不继，就转借私钱继之。工程后期又遇上连续阴雨，无法施工，工匠们束手无策，将要散去。适逢新知州鄞县人张子瑫来接任，天也终于放晴。张知州慰劳鼓励众工匠，大伙儿更加发奋，一个多月后，金秋十月全面竣工，共用五百多两银子和一百石粮食。一座雄伟的石拱桥飞跨在内城河上，名广惠桥。官民相与庆祝，所有捐赠人名录刻在石碑上。胡松、朱勋、周冕等阳明学人议论道："此项工程，始

广惠桥

终天人感应，交相辅成啊。”胡松写下了《新建广惠桥记》并立碑于桥头。历经几百年风雨的广惠桥如今愈发显得古姿沧桑。

三、甘棠寓教化

施仁政、重教化是儒家以德治国的一贯思想。任何一级官吏的施政教化，都特别关注其治下的社会治安与民风民俗。距滁州阳明书院不远的丰乐亭园内，有纪念西周时期召公德政于民甘棠遗爱的故事。召公辅佐成王以德治国，完善和发展周礼，留下“甘棠遗爱”的千古佳话。司马迁在《史记》中写道：“召公之治西方，甚得兆民和。召公巡行乡邑，有棠树，决狱政事其下，自侯伯至庶人各得其所，无失职者。召公卒，而民人思召公之政，怀棠树不敢伐，歌咏之，作《甘棠》之诗。”朱熹《诗集传》云：“召伯循行南国以布文王之政，或舍甘棠之下。后人思其德，故爱其树。”流传甚广的薛成兑《召伯甘棠》诗云：“蔽芾诗章留古今，召公仁政得民心。甘棠剪伐犹知护，足见当年遗爱深。”王阳明与弟子讲学，也常以周公、召公等古圣贤以德治化民的先例来引导理解良知治事，注重道德教化。

滁州弘扬阳明思想的主体是太仆寺、地方官吏、乡绅贤士，他们承袭阳明先生的亲民教化理念，引领地方士气民风，遵循理义纲常，以维护社会安定。王阳明在任太仆寺少卿时，创立的“马政街”社区，到嘉靖年间，发展到三百多户人家，生齿日盛，民风淳朴。太仆寺卿盛汝谦沿袭王阳明的思路，在此设丰乐乡社，教民条规，祭仰先贤，建仓廒，办学社，教化子弟，亲善安居。这就是后来的龙池街。正德至万历朝历时百余年间，太仆寺和地方官府共同倡举，滁州实施诸多人文建树，如兴修孔庙学宫、书院祠庙、亭塔台阁、牌坊，旌表仁孝，“益修乡社、义仓，倡郡中人于以权贷赈，崇礼让，笃风流，矫俗易化，矜式国人”，弘扬地方文化风气。知州戴瑞卿即是其中以德理政的突出代表。

戴瑞卿，浙江临海人，进士。万历三十八年（1610）至四十三年知滁州。戴瑞卿到任后，思谋滁州民生，了解百姓赋役情况。面对公款枯竭、衙门俸薪难以支付的现状，查核乡保街坊征收的丁粮，使贪占隐匿者暴露出来，将查获出的钱粮充公，供驿递之急需。他体恤农民疾苦，丰年不增田赋，民困得以缓解，百业渐渐兴旺。城东出现蝗灾，戴瑞卿亲率衙卒民众驱除蝗虫。修缮城墙和水关，加强城防。修建永盈仓，广树艺，浚清流，爱惜民力，革除弊俗，禁止宰杀大牲畜祭祀。德怀民生同时教化民风。戴瑞卿深有体会，他说：主导地方风俗全在我们宦儒，所以锐意建立菁

名宦戴瑞卿画像

莪会馆、学社，让人们知晓礼义文明。父老兄长都能告诫子弟，自我修身，不要肆无忌惮，目无纲常、侮慢自大，做出与自己本分不相符的事情。滁州近来士风近于淳厚，而教化引导之功更易实施。阳明先生说：凡做人在致良知。在这里为官的人，要多加重视[①]！

戴瑞卿深谙王阳明所说“夫良知即是道。良知之在人心，不但圣贤，虽常人亦无不如此，若无有物欲牵蔽，但循着良知发用流行将去，即无不是道”[②]。“人人皆可以为圣人”“个个人心有仲尼，只是良知更莫疑。人人自有定盘针，万化根源总在心。”治理地方，如何实行教化？就是办教育、崇礼义，启良知，明善恶，立条规，树乡风。按照阳明先生倡导的“觉民行道”理念去做。

王阳明曾经谆谆教导滁州弟子：理，内在于人心，而不能外

① 参见万历《滁阳志》卷五，风俗。

② 《传习录》答陆原静来书。

求于事事物物。知是心之本体，心自然会知……此便是良知，不假外求。善与恶，心之良知自知。

为政必先教化，而倡率始于躬行。戴瑞卿每每劝勉滁州士人，要一味追求真实良知，心仪而神往至善；他还与学校的儒师们转相授受，以忠恕为本原，以良知为动力，以期教化有建树，达到理想的境界。戴瑞卿与僚丞讲过一段王阳明以良知劝服盗贼的故事，借以树立良知教化的信念。

王阳明在庐陵担任县令时，一次抓到了抢劫的盗匪。开始盗贼不服，要杀要剐无所谓。王阳明决心用良知劝化他。王阳明问道，人人都有良心，你们当强盗打家劫舍，良知何在？盗贼蛮横地回答：我们盗匪不讲良心，杀人都不眨眼。阳明命令：天气热，你把衣服脱了。盗贼脱了上衣。“再脱。”盗贼不以为然地又脱了裤子。再脱，只剩一条裤衩了。“再脱。一丝不挂岂不更自在。”盗贼羞怯地嚷道，“这不能再脱了”。阳明哈哈笑道：“原来你也怕羞！看，这就是良心，这就是良知。羞耻之心人皆有之，羞耻之心就是良知，盗贼何异于人？说明你内心还有最后一层羞耻的底线，还能回归改恶从善的心。”盗贼低头不语，不得不服了。

人们常常感叹人心险恶，可王阳明告诉我们，每个人都有良知在心底，哪怕是打家劫舍的强盗，心中也潜藏着良知。明白了这一点，就能明白改造人最需要的不仅仅是惩罚，而是要感化其心，这就是悲天悯人。戴瑞卿遵循王阳明良知治政思想，以德育教化代替刑罚，清理狱讼，裁汰冗役，以文化礼仪整饬吏治。治理政事宛若春风被物，吏民和悦。捐资修复学宫，疏改河道，培植学宫风水；修缮阳明书院，倡导德育教化。重修“启圣祠”，倡导人伦礼教。修葺大观楼，重建钟楼，新建“菁莪馆”，昌文育才，陶成于诗书，兴起于礼乐。戴瑞卿在万历癸丑春撰写的《大修儒学记》中翔实记述了修建教化学区的情形，阐明崇文重教对于实施德政的意义所在，强调倡明孔孟文成（阳明）正学乃是弥纶大道。

诚以学宫鼎新，百灵会合，庶几圣道大明不晦，有关世之隆替匪眇顾庙制，直示以象也。若心之精神，其教不约而同，其令不肃而严，是可以观人心矣。昔子贡推尊至圣，墙高数仞，而宗圣亲承一贯之传。斤斤惟忠恕，毕彰圣蕴。夫不欺其心为忠，能度人之心为恕。忠恕施于家，则家人孚，而王道在一家；忠恕施于国，则国人孚，而王道在一国。循是义也，堂堂平平，以入夫子之门墙，是千载而夕昕也。后世无论濂洛、关闽诸名家，倡明正学，并足垂世。即昭代王文成公慭滁，发明良知，多士翕从，阐绎圣真，弥纶大道遐哉！

（《滁阳志》卷十三艺文）

戴瑞卿知滁五年，政绩斐然，朝廷嘉奖。他又于万历四十二年主持编纂成《滁阳志》流传后世。滁州父老为表达对他的敬仰之情，将他与明永乐年间的贤知州陈琏一起立祠以祀，

四、大观寄哲心

明中后期一百多年间，是滁州历史上人文景观建设最多的时期。太仆寺和地方官员保护醉翁亭、丰乐亭、琅琊寺等文化遗存，不断修缮，时有增益，支持开发山水名胜或修建亭台楼阁，或在城

郭布局添景，便民游憩。弘治十六年（1503）在太仆寺东建环山楼，十七年在寺正堂后建栖云楼。嘉靖三十三年（1554）在龙潭旁，修整御碑亭，建绎思亭。醉翁亭周边陆续新建解酲阁、宝宋斋、见梅亭、“曲水流觞”皆春亭。在丰乐亭周边修建景欧亭、来远亭等。

名宦高士们不吝笔墨，为景观留下大量的摩崖题记和碑刻，或诗或文或题名，徜徉山水，吟咏文学；或记事咏物，抒发情怀；或评论咏叹，感慨人生；表达他们对先贤的敬仰，对琅琊山水的钟爱，对滁州的人文关怀。

在这些文人士大夫的笔下，四时之景，山峦叠翠，幽洞迷谷、飞瀑流泉，千年古刹、让泉名亭、清流古关多姿多彩，尽显历史沧桑。大量山川形胜的描述，使后人对于自然地理风貌有案可循，比如王阳明等有关梧桐冈的诗文，帮助今人去寻觅龙潭西北缘的历史地标。在记游记事的诗文中，对于人文景观的方位、修建时间、缘由、建筑格局、规模、形制、匾额等都有所涉及，比如龙潭景观、太仆寺署、龙蟠寺、幽栖寺等。萧崇业《环滁十景记》，后来衍生为明清滁州十二景图，天启元年（1621）滁州通判尹梦璧又将十二景勒于石，景图缀诗，嵌于丰乐亭壁，一直流传到今天，尚有残碑可辨。

从明嘉靖十六年（1537）至崇祯九年（1636）的一百年间，驻署在滁州的南京太仆寺卿们如赵廷瑞、高耀、林烃、李觉斯等承前续后，数轮编订《南滁会景编》，纂辑唐宋至明末记述滁州山水景物的诗文，是流传后世的一部珍贵历史文献。崇祯刻本增加了十四幅滁州景象图，尤以诸洞景图为珍贵，其中“普救洞、蜂洞”地理状况鲜为人知，为今后探测开发琅琊山东南麓地下溶洞提供了极有价值的历史资料。由于滁州在宋代文化史、乃至明代历史上的特殊地位，此书不仅具有纂辑名人诗文的功用，也体现了宋明以来士大夫的精神风貌，具有难得的史料、文学和审美价值。身为王阳明弟子的南京太仆寺少卿朱廷立在嘉靖本《南滁会景编后序》中点明此书的涵义："夫谓'景'者，滁山水也；'会编者'文以言乎景也。何莫非景也，何莫非文也，而独于滁？盖曰，地以其文，文以其人，滁有是焉，是之有编焉。……彼役于泥景，于文必曰：'临丘壑而后知其胜，接须眉而后定其交'，是众人之观也，非大观也。大观者，不役于景、不泥于文，自得于其心者也。"这既深化了欧阳修"山水之乐得之心而寓之酒"的内涵，又反映出阳明心学对于士大夫的深刻影响。

嘉靖二十一年（1542）至二十四年，山东滨州人赵大纲首任滁州知州。赵大纲才高学富，心性敏达，听理立断。他到任后，首先革新吏治，整肃奸邪吏皂，让官府风气一振。接着，昌兴礼教，捐俸募工铸造孔庙大成殿礼乐器具，教习佾舞，规范祭祀孔孟圣贤的礼仪。将他自己所编辑的《四书要旨》出示给滁州士子。其时，名宦胡松和戚贤都先后被朝廷罢官弃用，落职还乡。戚贤潜心于办南谯书院，胡松在自己家中开辟一座"尚友堂"，以礼义良知结交知音。赵大纲乐得贤友，遂与胡、戚等人多有过从，常与谋划。胡松称赞赵大纲"其宏材远识，政事不为近小计。若此类甚众，如辟贤馆以谷才，筑军庾以养士，缮谯楼以授时，肄雅乐以崇德，修丰祠以秩祀"。修城池上下水关，置铁栅，设窝铺，增卒守，保安全。这些都是为政长久之计。

州署前原有谯楼，即鼓楼，名曰"皆春楼"，元代至元四年

（戊寅 1338）知州刘琪所修建。经过 260 多年，其间有没有人修过，没见记载。年轻有为的赵大纲带头捐俸，动员官民，鸠工庀材，很快将这座破旧的鼓楼重建起来。赵知州率僚友兴致勃勃地登上楼台，极目远眺，“斯楼之设，背山面水，适当其处。故远则清淮流漪、长江荡险、关山虎踞、广陵龙旋；近则笔锋书空、梵宫耸汉、古柏凌云、寒泉漾月，四时之景无穷”，真乃滁阳标志性文化景观。仍然称其为“皆春楼”，还是另取新意？赵大人陷入了沉思。

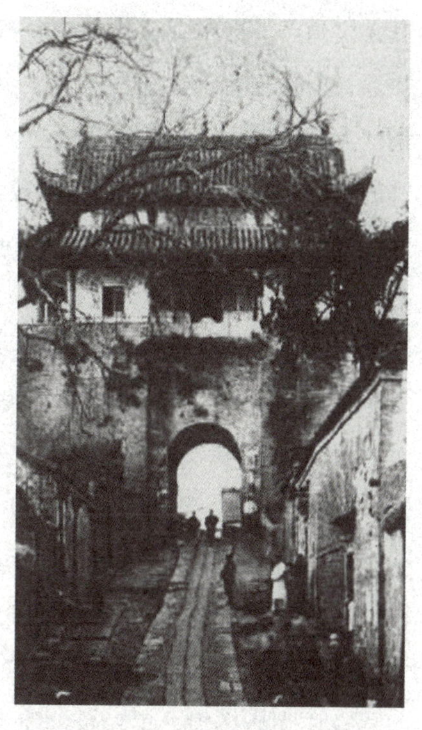
位于州衙前的大观楼，今已不存

深谙阳明心学的赵太守，先后两次前往椒陵拜访好友戚贤，商研是楼名称，赵大纲拟楼名“大观”，乃尽览滁阳江淮之景，景仰欧王前贤境界也。戚贤抚掌，连声称妙。当晚两人尽兴畅饮，酒酣之时，你一句我一句，由大观话题而入，论起孟子论世尚友之章。孟子强调要论世知人而“尚友”古人：“尚论古之人。颂其诗，读其书，不知其人，可乎？是以论其世也，是尚友也。”可见“述古”非止于读书，更要了解经典所产生的那个时代。孟子所谓“尚友”之义，与古人交朋友，所重不在其“言”，而重在“得其人之心”“得其人之道”，即重在文化之生命精神上的沟通与契合。这古今的贯通，所体现者，实即自然与文明的连续，亦即天人之合一，所谓“大观”者也。两位贤哲通过大观楼的命名，达到了又一次精神的契合。戚贤欣然为其撰写《建大观楼记》[①]。

70年之后，万历甲寅四十二年（1614），滁州知州戴瑞卿重修大观楼，又作《重建大观楼记》。

想当年，那一座座亭阁楼台，吻柱飞檐与青山绿水相呼应，尤其是那些楼台之上名称、耐人寻味的匾联题刻，充满了人文审美的意境，足以流传久远。明清两代，滁阳内城河两岸，分布着楼台、馆阁、学宫、牌坊，古城洋溢着典雅之美。

明万历十八年（庚寅1590），在三元桥（又称文德桥）南岸，又崛起了一座高耸云端的宝塔——文峰塔。

文峰塔是中国古代科举制度下张扬文气的象征。

这座文峰塔为七层六角楼阁式砖木塔，由塔座，塔身，塔刹组成，塔座为青石所砌须弥座，塔身内嵌杉木柱数十根，塔门朝西，外廓塔层之间以砖雕檐，斗拱组成的塔檐相隔，塔自下而上收分至塔顶。外廓塔壁和内室塔壁组成套筒式结构。四面开砌拱券洞门，以供凭览；洞门之上有砖雕塔匾，图案花纹精美细致；塔顶置宝瓶，为圆锥形汉白玉雕成，通高近35米。塔内设有旋梯可登顶。天启年间文峰塔附近还建有一座起凤阁。

文峰塔是滁州郡守丁士奇捐俸集资所建。

丁士奇，号春塘，顺德举人，万历十六年任滁州郡守。丁士

① 万历《滁阳志》卷十三《艺文》。

奇为人宽厚仁爱，豪爽仗义，清正廉明，关心民瘼，深受百姓爱戴。他上任的那年，滁州发生饥荒，他带头捐出自己的俸禄用于赈灾，并在滁城四关镇分设粥厂，为老百姓施粥，并在城四隅建敌楼以保安。因为年成歉收，百姓困窘，积欠府库的钱达数百金，丁士奇卖掉自家的枣园代为偿还。第二年年景大丰，丁士奇赞叹韦应物、欧阳修传世佳作皆出于滁，阳明先生过化于此尚记忆犹新。力图承前启后，以文峰塔的隆起再振滁阳文运。隔三元桥与学宫相呼应，造一座文峰塔，意在补学宫巽方（东南）之望，重振文风。文峰塔取“文峰塔尖尖，滁州出状元”之意。丁士奇带头捐俸集资，修造文峰塔，胡松的弟弟胡缠等乡绅贤士也积极捐资筹粮，一年之后文峰塔凌空雄起。果然，苍天不负丁郡守之望，第二年，即万历二十年（壬辰 1592 年），滁州就出了个文进士贾岩和武进士张鹏翮。

滁州文峰塔，1966 年“文革”中被毁

滁州以江北简陋之地，承纳四方王门学人、文化名流来此切磋学问，传习教化，阳明心学要旨在此得到广泛的传播，读书重教的社会风气逐渐形成，地方文化也在明中晚期达到兴盛。据《滁

晚清滁州文庙

州市志》所列《唐至清代滁州籍进士名录》，明代共有124名，为历代最多，其中正德至崇祯年间有72名。阳明书院、南谯书院等一系列书院的设立，推动了滁州文化教育机构的壮大、儒学教育和思想文化的进一步传播。如全椒一隅，宋代文风渐染，吴氏家族多人高中科举，明代后期以王门高徒戚贤等为代表的全椒乡绅传习心学、创办教育、延聘学者、培养士子，使得全椒始终保持着郁郁文风，明清时期有数十人高中进士，并诞生出吴敬梓这样的一代文豪。虽然滁州经济基础和人文渊源逊于科举鼎盛的江南，但由明至清乃南北要道，轮蹄交错，官员、学人往复，讯息四播，在阳明心学浸润下的滁州文教，欣然得风气之先，并一直影响于后。

五、百年“遵阳”街

王朝更迭，明亡清兴，迨至民国，三百年风云激荡。王阳明学说有人拥护，有人斥责。清初统治者为了巩固统治秩序，也像明初那样，仍奉程朱理学为正统，从顺治到乾隆时期，都力图用程朱理学加强思想钳制，极力“表章经学，尊重儒先”，明定“道统”，意识形态领域一度出现“尊朱黜王”，批判王阳明学说。

随着清政权渐趋稳定，统治者一方面大力提倡学术文化，另一方面大行文字狱。知识分子迫于官方价值体系的选择，由“经世”转为“避世”。宋明理学走向衰落和解体，社会转而尊崇实学，强调实用躬行。

从吴敬梓到薛时雨，滁州几代学人亲自体验了儒学经历的嬗变。到乾嘉时期汉学兴起，考据盛行。同时孕育着今文经学的勃兴，在社会危机之中提倡“经世致用”学术思想，向着“中学为体，西学为用”的方面发展，引发了早期改良主义改革思潮的滥觞。伴随着西方技艺和思想的传入、清廷的腐败、列强的入侵和粤患兴起，道光咸丰年间，一场千年未有之大变局震撼着古老的华夏，也冲击着宋明文化的望地滁州。

在儒学经历着生死存亡的演变中，阳明学说虽处于被冷落的状态，但他那具有独立思考、思想解放的特质，一直潜藏着巨大的生命力。近代滁州士人和民众仍然没有忘记这位全能大儒。最能说明的例证是：清末到民国时期，滁州最繁荣的东关外街区曾经设立过“阳明镇”，“遵阳街”的名称一直延续到今天。究竟是什么情结，让王阳明能在这样的时代背景下声名流传，“遵阳街”名称又有什么样的含义？我们还是到滁州的历史记载和传统人文中寻找答案。

晚清至民国初年的战火和乱局，滁州古城经受了巨大的创伤，百姓生灵涂炭，琅琊山下和城河两岸的人文建筑迭遭损毁。阳明书院毁于太平军之手。光绪二十二年（1896），滁州学宦章心培奉知州熊祖诒之命，将已经毁坏的阳明书院里文成公的牌位，移到了丰乐亭保丰堂祭祀。章心培出身于滁州书香世族人家，也是滁州地方文化的代表，他的儿子章益于民国三十二年至三十八年（1943—1949）担任复旦大学校长。

风云巨变引发传统的没落，也带来了新生态的崛起。随着清末津浦铁路开通，滁州城东关外成为一块开放的热土。也就在这个时期，清末到民国前期，阳明学再次得到思想界重视。康梁借黄宗羲的民本观点宣传改良的民主精神，随后的哲学家们进而从王阳明的学说中吸取新儒家的养料。在新文化运动中，受到新学教育的滁州学子章益、单向枢、吴葆初、胡竟铭、金言直等一批青年回到家乡，来到东关街，向民众宣传反帝反封建的新思想、新道德、新文化、新潮流，开办假期义务学校，讲授现代文化知识，组织义演，创办刊物《清流声》，他们将王阳明在滁州讲学的良知思想转化成追求独立自由之精神。

轰隆隆的钢铁长龙在津浦铁路轨道上滚动，一声汽笛长鸣，驶入滁州站，这座千年古城发生了划时代的变化。滁县火车站位于滁州城东门外。宣统二年（1910 年）九月，津浦铁路正式载客，滁州现代交通优势凸显，加上既有的水岸码头，古城成为江淮之间南北通行的水陆要津，吸引了四方客商纷至沓来。大东门外至火

民国初年津浦铁路，火车驶入滁县站

民国初年的遵阳街

车站形成繁荣的商业街。上百家手工作坊、粮行、杂货商铺、银楼、客栈，云集在1公里长的街区。街巷上鲜果、茶食、京货、皮毛、扎纸、理发、裁衣、油漆、箍桶、修盆应有尽有，最多的是编竹篮。商家云集，有面坊、豆腐坊、茶坊、酒肆、鱼行、肉铺、猪市、柴行、染

“文革”前遵阳街门牌

2010年代遵阳街

坊、碾米厂、木匠铺、铁匠铺、棺材铺、石灰行、缸甏行、毛竹行、中药铺。东关外开办的面粉厂是滁州最早的近代工业企业。

自此，滁州粮食、竹篮、菊花、药材、苎麻等土特产开始经铁路运输行销南北各地，尤其是滁州特色手工产品竹编“舟篮”“猫叹气”，成为各地的抢手货。

滁州与南京一江之隔，都城的人文气息很快就传递到滁州。达官贵人纷纷乘火车来游琅琊山，戴季陶、林森、蒋介石等政要先后光临。文化名人、艺术大师也前来造访，徐悲鸿、方令孺、盛成留下他们游山访亭的足迹。

火车站西至大东门，东至清流河五拱桥码头，南至天龙池河沿。弯街曲巷，宅院错落，排屋参差。本地商户居民集聚，还有大量外地商户和自河南淮北迁徙而来谋生的移民，其中不乏读书士子，也有许多依靠砍山草、挖药材、开山砸石头的贫苦居民。聚居在东关社区各个阶层的民众，呈现出丰富多样的生活风习，带来了人气的旺盛和人文诉求。街市上说书唱戏、杂耍卖艺、看相算命，热闹非凡，还建有晏公庙、三义阁等祠祀。

家住东关的老人卜忠林回忆：东关外大街又叫遵阳街，日伪时也叫过阳明镇。下辖五个保，遵阳北保、南保、小桥保、城河保、五孔桥保（管至西方寺）。滁州解放前夕，东关已聚集上万人口，商贸、文化、社俗繁荣，被称为“小上海”。

遵阳街 2010 年前后

史志资料是考证的依据，修编于上世纪末的县级《滁州市志》记载：抗战胜利后，民国三十五年（1946）滁城设有东关镇、中心镇、阳明镇。阳明镇辖南关保、南街保、文德桥保、东街北保和小桥保（所辖保名与卜忠林老人回忆有些出入）。阳明镇的建置一直延续到新中国成立。1949 年至 1955 年设遵阳镇，1956 年改为遵阳街道办事处，隶城关镇[①]。该志还记述：清末，滁州教育从书院转向新式学堂。光绪三十二年（1906）滁州创设小学堂。辛亥革命后，民国四年（1915），滁城设立四所小学，东关有一所初等小学，民国十年，校址在东关街晏公庙内，紧邻三义阁，靠近东瓮城三门套附近，就是抗战后的“遵阳小学”[②]。

至于为什么将街区、学校命名为“遵阳”而非“尊阳”，这里的含义，大概不仅仅是尊崇阳明这位圣人在滁州的胜迹，而且要遵循千古不朽的王阳明学说，按照致良知、知行合一去修身力行，有益于家国天下。

① 参见《滁州市志·建置》第 74、77 页。方志出版社 1998 年 10 月版。

② 参见《滁州市志》第 755~756 页。

述后：春风吹又生

穿越历史的时空，王阳明先生在滁州讲学迄今已经五百余年，虽然近代沉寂一百多个春秋，毕竟野火烧不尽，春风吹又生。当下，先生再次与我们神交。可以告慰先生和诸高弟后学，先生主事的南京太仆寺已经重建，先生与诸生围坐吟歌的龙潭即将发掘修整，梧桐冈上依旧树木葱茏，阳明书院将要复建。

2017 年 11 月，“王阳明在滁州”研讨会召开，开启了当代滁州阳明学文化的大门，先生的不朽思想将长久为滁人景仰传承。

“王阳明在滁州”研讨会

参考文献

［1］（明）王守仁著．王阳明全集．吴光等编校．上海古籍出版社，2011.

［2］（明）钱德洪编次．罗洪先考订．阳明先生年谱．影印明嘉靖四十三年（1564）毛汝麒刻本．北京图书馆藏珍本年谱丛刊第42册．北京：北京图书馆出版社，1999.

［3］束景南．王阳明年谱长编．上海古籍出版社，2017.11.

［4］（明）赵廷瑞辑．高耀续辑．南滁会景编．美国哈佛大学图书馆藏明嘉靖三十四年（1555）增刻本．

［5］（明）李觉斯重辑．南滁会景编．南京图书馆藏崇祯九年（1636）刻本．

［6］陈荣捷著．王阳明《传习录》详注集评．上海：华东师范大学出版社，2009.11；

［7］邓艾民．传习录注疏．上海古籍出版社，2015.5

［8］（清）张廷玉编．明史．北京：中华书局，1974.4

［9］（民国）江希张著．四书白话注解．长春：长春古籍书店影印出版，1982.4

［10］（明）雷礼．南京太仆寺志．明嘉靖三十一年（1552）刻本．四库全书存目丛书史部第257册．济南：齐鲁书社，1997.

［11］（日）冈田武彦着《王阳明大传》重庆出版社2015.2

［12］董平．王阳明的生活世界——通往圣人之路．北京：商务印书馆，2018.4

［13］王维和、张宏敏编校．明儒学案．杭州出版社，2012.3

［14］吕妙芬著．阳明学士人社群．北京：北京师范大学出版社，2017.9

［15］赵吉惠等主编．中国儒学史．郑州：中州古籍出版社，1991.6

［16］（明）戴瑞卿修．滁阳志．日本国会图书馆藏明万历四十二年刻本

［17］（清）余国[illegible]修．康熙．滁州志．台湾成文出版社影印本

［18］（明）杨道臣修．泰昌．全椒县志．影印本

［19］廖远妹主编．滁州市志．北京：方志出版社，1998.10

［20］王浩远撰．琅琊山石刻．合肥：黄山书社，2011

［21］张祥林主编．滁州市志．北京：方志出版社，2013.9

［22］（明）王守仁著．王文成公全书．王晓昕、赵平略点校，北京：中华书局，2015.6